郭松棻

驚婚

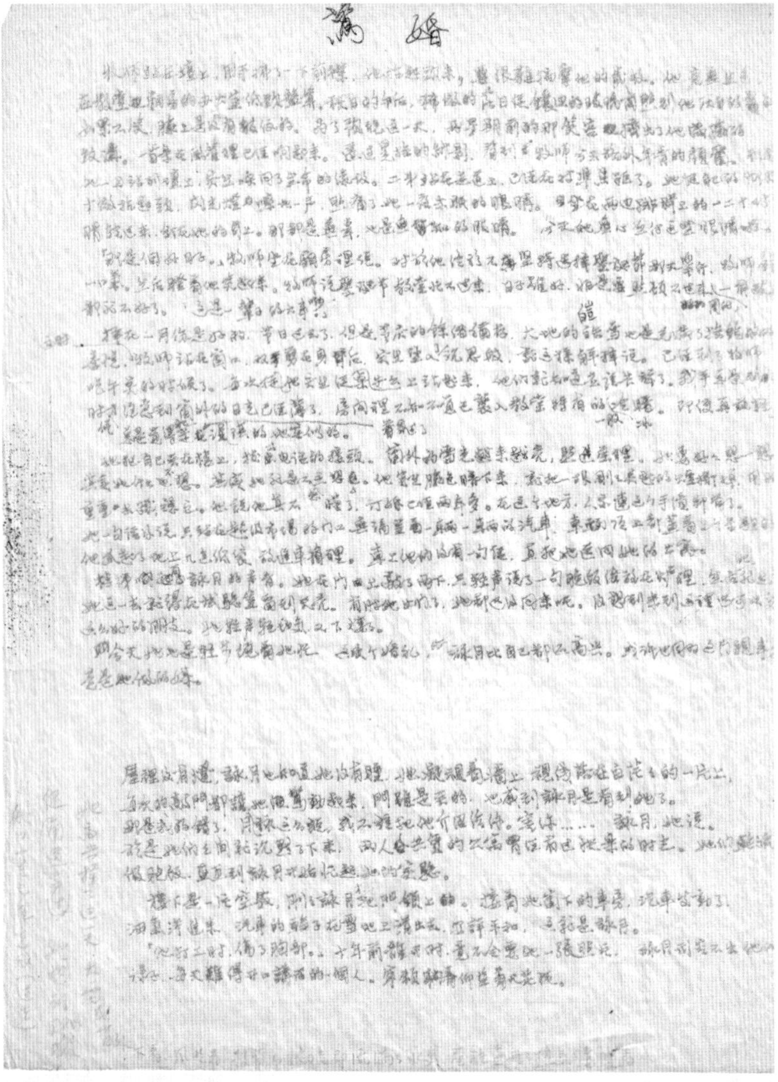

離婚

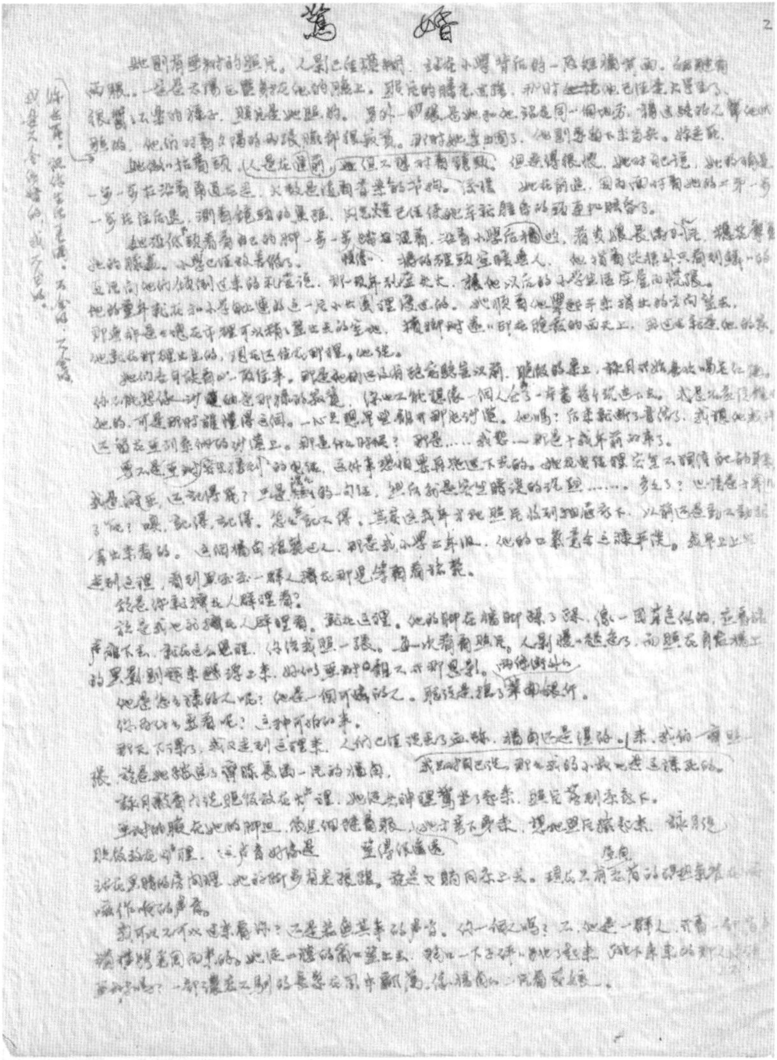

郭松棻《驚婚》手稿。

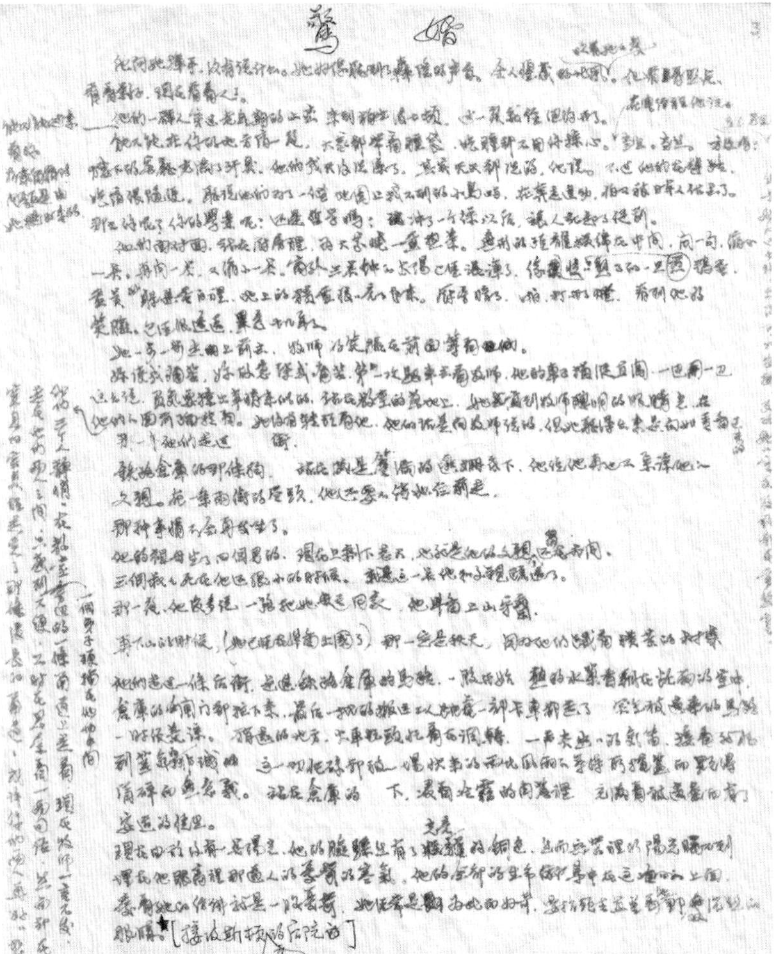
驚婚
3

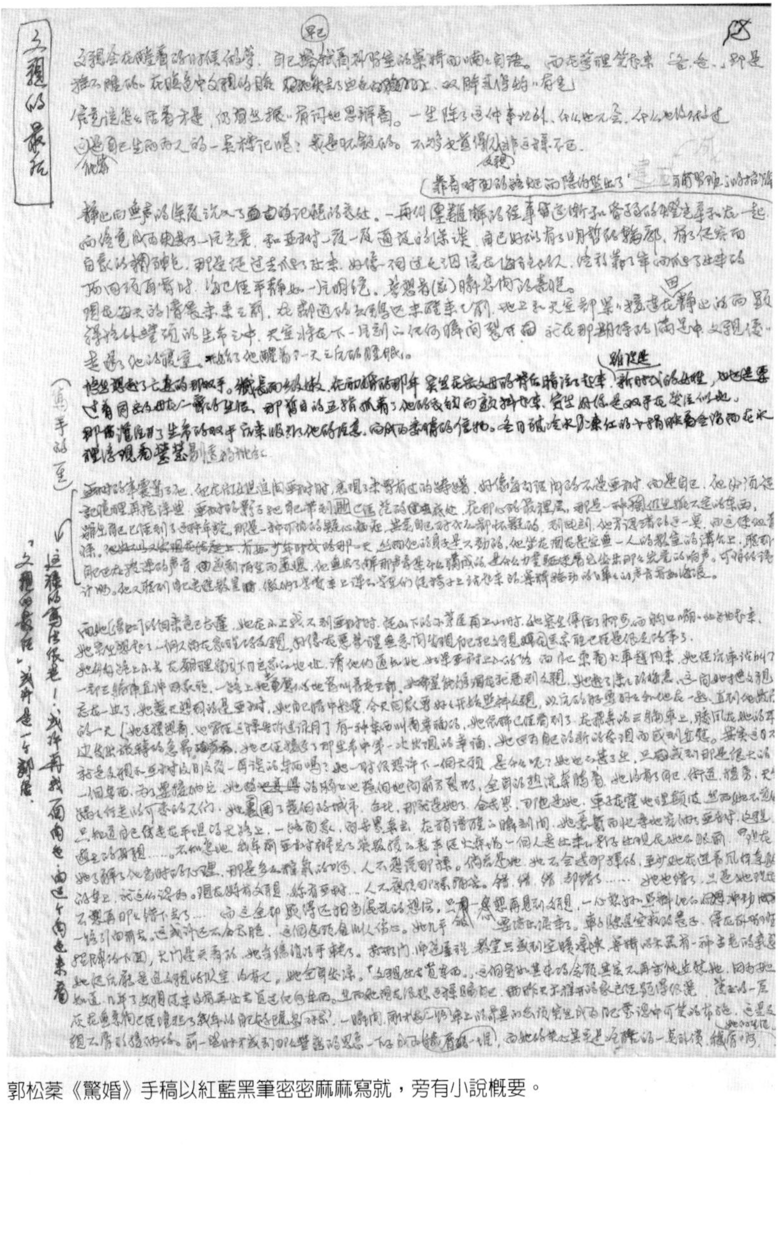

郭松棻《驚婚》手稿以紅藍黑筆密密麻麻寫就，旁有小說概要。

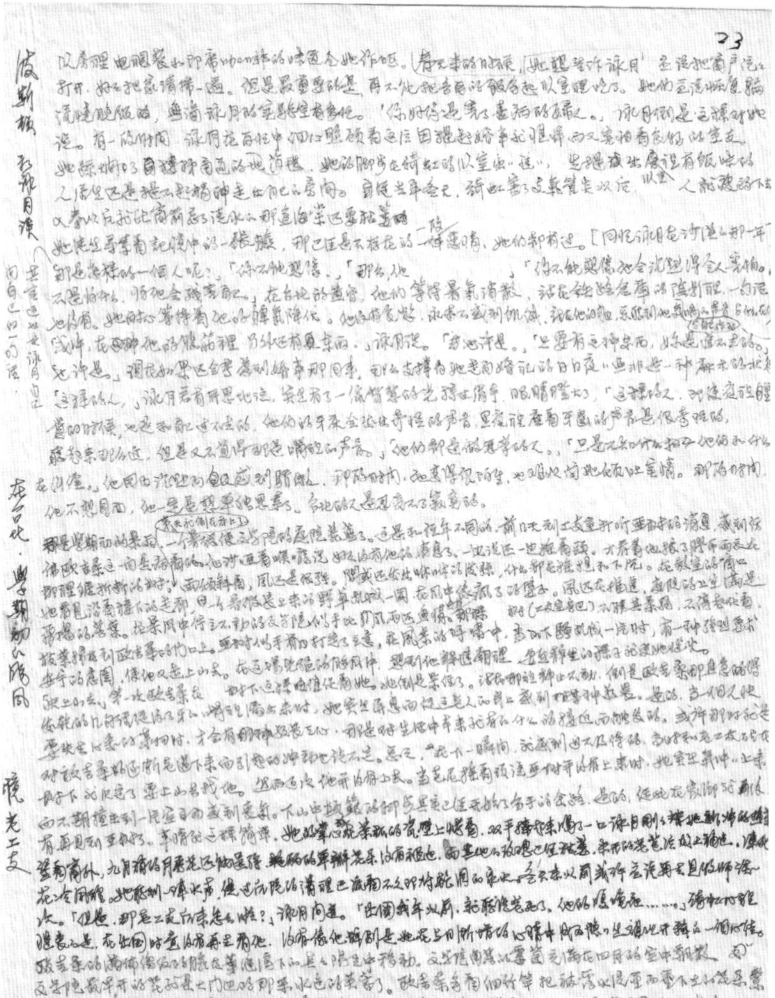

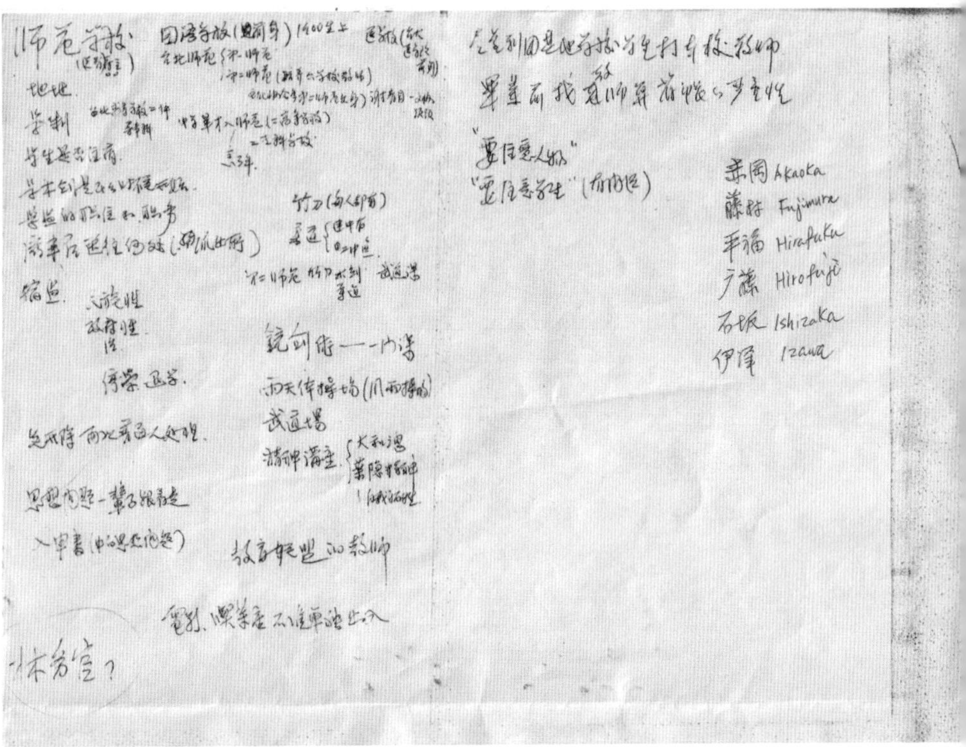

郭松棻《驚婚》手稿。

郭松棻2005年於美國居所書房，生病後以左手寫字。

郭松棻與李渝2005年於美國居所書房。

1977年5月7日郭松棻攝於歐洲。

驚婚

郭松棻

目錄

牧師站在台上，用手拂了一下前襟，他抬起頭來，很難揣摩他歲數。他毫無生色，在教堂廂房的辦公室低頭盤算。秋日的午後，稀微的落日從鑲邊的玻璃窗照到他灰色的鬢角。如果不笑，臉上是沒有皺紋的。爲了預祝這一天，兩星期前的那笑容擠出了他滿滿的紋溝。音樂已經在風管裡響起來。透過晃搖的紗影，看到牧師今天格外年輕的顏靨，那是他因站到了壇上，突然喚回了生命的緣故。二姊站在走道上，已經在打準焦距了。她從自己的腳尖才微抬起頭，閃光燈嚓的一聲，照痛了她一夜未眠的眼睛。坐在兩邊排椅上的一、二十付眼睛轉過來，釘在她的身上。那都是無辜，也是無知的眼睛。今天她無心應付這些眼睛啦。

「那是個好日子。」牧師坐在廂房裡說。對於她終於不再堅持選擇聖誕節那天舉行，牧師舒了一口氣，然後瞪著她笑起來。牧師說聖誕節忙不過來，日子雖好，怕是照顧不周的，一有疏忽，那就不好了。「這是一輩子的大事啊。」

擇在一月份是好的，節日過去了，但是節慶的餘緒猶存，大地的皚雪也是充滿了搖鈴般的喜悅。這時牧師站在窗口，雙手剪在身背後，突然墜入了沉思般，就這樣解釋說。已經到了牧師吃午點的時候了。每次他突然從辦公桌後站起來，他們就知道應該告辭了。幾乎總是在這個時候才注意到窗外的日光已經薄了，房間裡不知不覺已襲入教堂將有的一般冷冰，即使再輕步，總是覺得自己像是走穿過陰濕的地窟似的。

她把自己關在樓上，拔出電話的接頭。窗外的雪光越來越亮，照進屋裡。她要好好想一想，其實她什麼也不想。其實她就是不去想。他突然臉色暗下來，把一根剛剛夾起的菸扔掉，用腳重重去踩息它。他說他眞不懂，訂婚已經這麼幾年，在這種地方，人家連手續都省了。她一句話沒說，只站在超級市場的門口，無端望著一輛一輛的汽車，車輛頂上都蓋著上個星期的雪。他抓起了地上幾包紙袋，放進車廂裡。車上他們沒有一句話，直把她送到她的公寓。

樓梯有詠月的聲音。她在門上敲了兩下，只輕聲說了一句晚飯放在爐裡，然後自己就走了。詠月這一去就得在實驗室裡留到天亮。有時她出門了，詠月都還沒回來呢，沒想到來到這裡還可以交到這麼好的朋友。她輕聲輕氣又下樓了。

今天詠月也是輕步繞著她忙。這個婚禮，詠月比自己都還高興。或許也因爲這門親事畢竟是她期待的。

屋裡沒有燈，詠月也知道她沒有睡。她凝視著牆，視線落在白茫茫的一片上，每次的敲門都讓她驚動起來。門雖是關著，也感到詠月是看到她了。

那是我的錯了，詠月這麼說，我不該催妳……。詠月，她說。

於是她們之間就沉默了下來。兩人共賃的公寓曾經有過快樂的時光。她們輪流做晚飯，直到詠月開始忙起她的實驗。

樓下是一片空寂，剛剛詠月才把門鎖上。接著她窗下的車房裡，汽車發動了。

汽油味滲進來，汽車的輪子在雪地上滑出去，安靜和平，這就是詠月。

「他打工時，傷了胸部。」十年前離開時，竟不會要他一張照片。詠月形容不出他的樣子，每天難得開口講話的一個人，寧願仰望著天花板。

她則有亞樹的照片。人影已經模糊，站在小學背後的一段短牆前面。細瞇著兩眼。一定是太陽正射在他的臉上。照片的曝光過強，那時他已經是大學生了，很鬱鬱不樂的樣子，照片是她照的。另外一張是她和他站在同一個地方，請過路的人幫他們照的，他們對著夕陽的兩張臉都很寂寞。那時她要出國了，他剛要留下來當兵。妳走吧，妳走吧，祝妳生活美滿。不會的，不會的，我是不會結婚的，我不會的。

她微微抬著頭，但不想對著鏡頭，人是在前進，但走得很慢。她對自己說，她的確是一步一步在沿著甬道走，大致是隨著音樂的緩慢節奏。她在前進，因爲面對著她的二姊一步一步在往後退，測著鏡頭的焦距，閃光燈已經使她本就未眠的頭更加昏眩了。

她低下頭看著自己的腳一步一步慢慢的踏著，沿著小學的後牆，看麥娘長滿一大片，穗花摩著她的膝蓋。小學已經放長假了。牆的裡頭空曠無人，他指著從牆外只看到鱗鱗的瓦片向他們傾倒過來的禮堂說，那一年禮堂失火，讓他以後的小學生活空虛而慌張。他的童年就在和小學毗連的這一片小公園裡度過的。她順著他舉起手來指出的方向望去，那無非是一塊在市裡可以稍稍看出去的空地，檳榔樹遠遠印在晚霞的西天上，再過去就是他的家。他就在那裡出生的，現在還住在那裡，他說。

她們各自談著一段往事，那是詠月還沒有去實驗室以前，晚飯的桌上，詠月開始喜歡喝點紅酒。你不能想像沙漠是那麼的寂寞，你也不能想像一個人會爲了一本書整個沉迷下去。我是不應該離開他的，可是那時誰懂得這些。一心只想早點離開那片沙漠。他嗎？後來就斷了音信了，我想他或許還留在亞利桑那州的沙漠上。那是什麼時候？那是……我想……那是十幾年前的事了。

要不是突然接到亞樹的電話，這件事恐怕要再拖延下去的。她在電話裡突然不相信自己的耳朵。我是亞樹，還記得吧？只是淡淡的一句話，然後就是突然暗淡的沉默……。多久了？也該是十幾年了吧？噢，記得，記得。怎麼不記得。其實這幾年才把照片收到抽屜底下，以前還是動不動就拿出來看的。這個牆角槍斃過人，那是我小學三年級，他的口氣竟會這樣平淡。我早上上學走到這裡，看到黑壓壓一群人擠在那兒等著看槍斃。

於是你就擠在人群裡？

於是我也就擠在人群裡。就在這裡，他的腳在牆腳跺了跺，像一團草包似的，應著槍聲癱下去，就在這裡，妳給我照一張。每一次看著照片，人影慢慢退色了，而照在身後牆上的黑影則越來越浮上來，好似亞樹離不開那鬼影。

他是怎麼樣的人呢？他是一個可憐的人。聽說是搶了兩條街外的華南銀行。

你爲什麼要看呢？這種可怕的事。

那天下課了，我又走到這裡來，人們已經洗去了血跡，牆腳還是濕的。我只對自己說，那麼我的小叔們也是這樣死的。來，我們一齊照一張，於是她踏進了齊膝長滿一片草的牆腳。

詠月敲著門說，晚飯放在爐裡，她從失神裡驚坐了起來，照片落到床底下。亞樹的臉在她的腳邊，依然細瞇著眼，望得很遙遠，她方彎下身，想把照片撿起來，詠月說晚飯放在爐裡，這聲音也遙遠得好像從世界的那一頭傳來。站在黑暗的房間裡，她的腳步有點踉蹌。於是又躺回床上去。現在只有屋角老舊的熱氣管在滋滋作響的聲音。

我可以不可以過來看妳？還是若無其事的口吻。你一個人嗎，不，他是一群人，開著一輛舊車，橫跨美國而來的。她從二樓的窗口望出去，胸口一下子怦怦跳了起來，跳下車的那個人不就是亞樹嗎？一部濃密不馴的長髮在風中翻蕩，像牆腳的一片看麥娘。

他向她揮手，沒有說什麼。她好像聽到了轟隆的聲音。令人惶惑的北風吹著她的髮。她看著照片，看著影子，現在看著人了。

他們一群人穿過老年期的山巒，來到波士頓，過一夜就往紐約開了。

後來留宿的問題是由他提出來的。能不能過來看妳，能不能在妳的地方宿一夜，大家都帶著睡袋，吃睡都不用妳操心。在電話裡他說。當然。當然。方便嗎？當然。當然。但是她沒這麼說，只說可以安排，反正她的室友都在實驗室。

樓下的客廳充滿了汗臭，他們幾天沒洗澡了。其實天天都洗的，他說。不過他們在趕路，吃宿很隨便。聽說他們爲了一些地圖上找不到的小島嶼在奔走運動，怕又被日本人佔去了。那麼你呢？你的學業呢？還是哲學嗎？沖了一個澡以後，讓人都記起了從前。

他們面對面，站在廚房裡，爲大家燒一壺熱茶。無形的距離橫梗在中間，問一句，縮小一點。再問一句，又縮小一點。窗外三點鐘的太陽已經混渾了，慢慢像煎熟了的一只雞蛋，蛋黃躲進蛋白裡。地上的積雪亮了起來。廚房暗了，啪，打開了燈，看到他的笑臉。已經很遙遠，畢竟十幾年了。

她一步一步走上前去，牧師的笑臉在前邊等著。

你使我痛苦，你故意使我痛苦，第一次驅車去看牧師，他的車子橫衝直闖，一邊開一邊這麼說，負氣要撞出車禍來似的。站在教堂的草地上，她感覺到牧師聰明的眼光在他們面前溜轉著。她沒有轉頭看他，他的話是向牧師說的，但是她聽得出來是向她責備過來。

他們三人靜悄悄在教堂旁邊的一條甬道上走著，現在牧師一言不發，走在他們兩人之間，只感到一個身子硬擋在他們中間而不便，不時在思索著一兩句話，然而卻在窒息的空氣裡走完了那條漫長的甬道。或許你們好好再想想，最後牧師只想起了這樣一句凡俗的話。

那一年他們走過華陰街。

鐵路倉庫的那條狗，站在滿是簷漏的遮棚底下。他說他再也不原諒他的父親。在一條雨街的盡頭，他還要不停的往前走。

那種事情不會再發生了。

他的祖母生了四個男孩，現在只剩下老大，也就是他的父親，還留在世間。

三個叔叔死在他很小的時候。就是這一點，他和父親疏遠了。

那一夜，他沒多說，一路把她送回家，他準備上山守齋。

再下山的時候，那一定是秋天，因爲他們踩著乾黃的樹葉。

他們走過一條後街，走進鐵路倉庫的馬路，一股開始成熟的水果香飄在欲雨的空中。倉庫的閘門都拉下來，最後的一批搬運工人跳上一部卡車都走了，突然被遺棄的馬路一時很荒涼。稍遠的地方，火車頭忙著在調轉，一聲尖幽幽的汽笛，接著就聽到蒸氣的排洩，這一切忙碌都被一場快來的西北雨的等待所掩蓋而顯得瑣碎和無意義。現在倉庫的遮簷下，浸著冷露的角落裡，充滿著被遺棄而有了安適的恍然。

現在由於沒有一點陽光，他的臉驟然有了光亮的銅色，然而兵營裡的陽光曬不到埋在他眼窩裡那逼人的憂鬱的寒氣。他的全部的生命集中在這上面。愛著她的彷彿就是一股憂鬱，她經常是爲此而好奇，要抬頭去直望著他那雙沉默的眼睛。

一種幽幽醒來的恍然，彷彿頭上被遺忘的一片雲，影子落在他們的身上。

現在這個人突然站在她的面前，在波士頓的蓋滿皓皓一片雪的夜裡。時光令她激動，開口竟得鼓足勇氣，而在這一無聲籟的夜裡，她感到震耳欲聾的是什麼呢？

轟轟的聲響一輪一輪包裹著她。他的嘴在動，噢，但是她聽不見，她只看到他依然蒼白的那種激烈，十多年了，她不應該去揣測他的念頭。她從他的身邊移開了。他身上的熱氣緊緊又攏過來。還是憤憤的不樂嗎？生命的活力一如火車蒸氣的排洩。她那樣站著，對著一向自以爲熟悉的後院，被一陣慌亂所佔據。她不應該背著他，她不應該悄悄移開，她應該站在那兒，不來人的地方，面對面好好談談，談談這些離開以後的年月。然而她現在已經提不起勇氣再轉過頭來，他的腳隨著她踏入雪裡，在一種恍然有了記憶的同時，他的雙手，仿如無形的過去，落在她的肩上。

這時，火車的聲音在雨中消失。搬運工人離去以後，馬路留下的空白現在被雨的滴答代替。青年時代的那雙唇抿得緊緊的。當她一再勸慰以後，他停止了憤怒的顫抖。她從他的臂裡脫開，靠在閘門的鐵皮上，她不想阻止他。她正愛著他。她想著他那種稚氣地喊著她的名字，一身淋在雨裡，她已經在自家的門口了，只得再奔出巷口，爲的是深怕他的叫喊吵醒了鄰居。然而她不知道他心裡的鬱結竟會那麼緊。第二天他不告而別，入山守齋去了。

還是哲學嗎？她的爐火燃起來了。

她避開了他的注視，走向停車場。低垂的電線懸在廣闊的空中，頭上的鉛雲層層疊積，西天掀開了一塊薄暮，幾天大風雪後，難得一見的殘陽，微弱的光芒照射在寂寞的山巒上，顯示了這邊谷地一片雜亂的來往。每次雪封之後，超市就有搶購的現象，你走進市場，總覺得肉都不新鮮了，都是剩餘的東西，也不怕沒人來搶走它。站在超市的簷下，他呵出一口熱氣。一種她不曾期待的生活出現在她眼前，曾經夢見過自己一個人站在山崖上，瞭望著無際的海面，事後想起還感到心悸。那是因爲海的遲鈍。聽到海濤，好像走進一個無盡的世界，那起伏是永遠可以預期的。汽車駛入公路，天色已經暗下來，雖然還只是下午三點鐘。在公寓的門口，他曾經耐心的等待過她，也是攝氏零下的天氣，一如此刻，他開車替她買菜，一個星期一次，她坐在身邊，車子在兩邊堆成雪牆般的路上緩慢的駛著。她有點溫馨的恍惚，把全部的心思貫注在未來那種無望的生活裡，直到那一天在電話裡突然又聽到了他的聲音。

你好像嚇了一跳，其實那已經死了好幾天都有了。那是一隻被輾死的野兔，血跡已經是一團黑色，車子快從身上駛過時，她在車座上突然怔了一下，驚回到現實。

最後來到了自己的家門，她還是沒有一句話。他把一紙袋一紙袋的食物替她拿進去，放在廚房。然後，在她還來不及想要如何反應時，他只說了聲再見，搶著向門口走了出去。

窗外的天光很耀眼，那是紛落的雪花隨風在飄蕩。有時風強一些，雪片像瘋婦一般現出教堂裡音樂的柔弱。耶穌受刑的木像懸在牧師的頭頂上。

牧師是時下到處可見的樂觀的人。冬天被室內熱氣熏得透紅的雙頰總是緊緊地抽動著，露出了他的笑容，好似那是他的職責的一部分。緩慢而猶豫的話語，總在他嘴裡，不輕易說出來，那是思維的表示，隨時在與遙遠的冥暗處溝通著什麼。當他截然地說出話時，那必然是終於從遠方接到了訊息的緣故，然而那是不可思議的軍事。當她在無法接受結婚這念頭而陷於紊亂時，她突然一個人拜訪這位牧師，而他站在走廊上，頸子在一環賽璐珞的頸圈裡扭動了起來，支吾著。三月的雪滴子已經從雪地裡綻開了花瓣，遙遠的地方沒有給他任何訊息。

或許年底再說吧，情況可能會改變的。七月的陽光從簷下照到他稀疏的頭髮，他紅潤潤的臉色依然是人類精神從哀樂中提昇出去的業績。人類是個個應該避進教堂裡的，然而他從來沒有明白的主張過，只有他的笑臉遠遠在那裡招著。

春天以來不斷的失眠，使她的面頰漸漸蒼白，她知道自己在七月的廊下是咬緊著牙根才把頭撐起來的。

今天也是一樣，她整個人撐著昨日一夜未眠的遲鈍和重量，一層薄紗掩飾不了她的惶惑。無法睜開的眼睛緊緊被蛛網罩著，視線是遲鈍的，耳朵卻靈敏。

爲了結婚這件事，她那樣不敢苟且，隨時熱衷在攻修的藝術史課程也零亂了，好不容易培養出來的一點透視的鑑賞力也突然停頓了下來。這將是一種莫大的犧牲，驟然的恍然倒令她驚嚇了，而想起了自己的年紀。

那一年，颱風的那一學期，唯一不同的是老工友歐吉桑細弱的手指戴上了相形之下極其碩然的金印戒，說是媳婦給他打的，六十歲的壽禮。

一天下雨，在黃檀樹下他遞給她一把傘，自己淋著雨，走過那一條小徑，她奔過去，他也開始跑，跑離了她。

父親本以爲學監是救了自己一命，其實或許那是父親從少年時代開始就一連串災厄的一個轉機。父親成爲有機會而又爲機會所制的人，現在回想起來，總覺得是他一生悲劇性的總結。沒有這個學監，父親可以和其他人一樣過著他平穩的一生，當然這也是難講的。這就是如若沒有什麼什麼歷史就不會這樣那樣發生的後見之明。不過「如果沒有這個學監……」的想法經常在我的腦裡閃過。即使父親打了那日本人，而那日本人在法庭上不推翻一切事實的話，父親會怎麼樣呢？事後想起來，坐幾年牢，在人的一生並沒有什麼了不起，唯其父親僥倖避過了牢獄的生活，才開始了他一連串的災難。

父親凹陷的眼窩充滿死亡的幻影。使人沉潭溺水而死的也是另一種生活所安排的錯誤嗎？涌著岸邊水浪而成的那長髮的節奏，被過路人猜測著，沒有人相信仰背浮在水上的會是一個有了高中兒子的婦人。那豐美的頭髮，皙白的肌膚，終於證明了非以曲折的生命爲代價，否則必不爲人間所擁有。站在岸邊圍睹的閒人在經常發生的溺亡的圍觀中多了一層驚艷的眼神，那是再自然不過的，那是神明的一次豐收。接著父親在黑暗的厭倦中聽著夜夜的雨聲，自己生起一盆炭爐，烤著突然血再也不流的那雙過於奔波的冷腳，連他的手心也溫熱不起來了。每夜自己搖著頭，不肯相信這一生發生的一切。

翻年以後，夜色又開始嬉弄著嫵媚，巷裡悠悠的口琴也吹不醒父親逐漸麻痺的心思，本以爲這就是父親的結局了。直到他遇見了亞樹。後廳斑駁無趣的牆壁已經逮住了父親失神的影子，亞樹的出現，重新點燃了父親的熱望，這是不可思議的。充滿著喧鬧光景的父親的寂寞的一生，這時才得到重新思考的機會，父親對自己的描摹是奇怪的。當春末種子紛飛的日子，他提起幾年前死去的伯母時，作出了那故意要傷害自己的自責。偶爾閃著璨耀的目光，只是把自己的過去說成陰慘風暴中零落出現過的一些思念友人的懷抱罷了。再也沒有比死了丈夫的女人更值得人間的同情了，而父親這麼說。這美好的心思成爲蹂躪自己妻子的來源。父親夢想中那些美麗的花朵，都被他自己一一摘折。時間蠶蝕著生命，而父親更是被他自己的思想殘害了。拖著沉重的腳步下山時，父親回頭再遙看著已被茅梗淹沒了的母親的墓塚時，他應知道把他蒙蔽的就是他自己。時間太短促，悔恨太長久。不能在黑暗和遺忘中安眠是父親一輩子的痛苦。白日母親生前栽種的盆花以無限的惋惜吐放著祕密般的信息，才突然得到了父親的垂注，在失神的注視中，是否也飄過年輕時候溫愛過的妻子的影子？

而夾在赤阪那個日本學監的來信中赫然出現了伯母的簡短的遺書，「丈夫失蹤以後本已了無生意的自己倘不是因了你無私的照顧，是不會在生活中尋到一點可以支撐的東西的。這一次生活的破壞則是由自己一手安排。我以毫無繼續拖下去的力氣，動兒再度托給你，已是我絕望中唯一能想到的。我一再利用你對亡夫的友情而任性著，這恩典只有來世報答，孤兒在你偉大的人格的照拂下必會成器，是我不會動搖的信念。〔　　〕絕筆。」而書下的年日則是沉潭而死一年前的手跡。父親發現這封信被動過後，把赤阪的信一起毀去的想法是她至今還不甚瞭然的。

對摯友的未亡人不能忘懷，畢竟是存著什麼心思呢？照顧朋友的遺族是冠冕堂皇的名義。其實呢？其實這是實在的。只是我應當說，除此以外別具難言的情緒，這也是事實。那女人在丈夫失蹤時還不到二十幾歲，喪服以後的她，彷彿雨後的驕陽，忍不住地照射著豐盛的光輝。然而她的服裝依然是孀婦的打扮，那光耀是默默鎖在刻意掩飾著的素服裡面的。即便在小時候，也知道那走出大門也安靜得像一座觀音一樣的體態，是父親一旦留在家裡就坐立不安甚至拿生前的母親來出氣的根由了。小時候她就直覺到她那一部在陽光中呈現出燃燒的豐盛的美麗的頭髮是不祥的禍兆了。她帶著那時雖然年紀比她大但是還很瘦小的勳哥走在街上時，她不知道這位伯母的心底是翻滾些什麼的。而那艷麗不祥的身影從此沒有離開，這不但在他們家的周圍，苦惱著父親和母親，甚至連她出門在學校時，那張臉也經常出現在她的面前。父親偶爾帶她一起到醫生家時，爲的是讓她跟勳哥一起玩，而她會等待著機會，一個人跑進伯母的臥房，那時已經知道那就是所有罪惡的所在了。

小時候的她已經知道用譴責又好奇的眼光尋索著這暗室的每個角落，而她最喜歡的是站在門檻裡看著伯母在半月形的大鏡前梳頭，她知道那部頭髮雖然梳得緊緊的，一旦鬆開了髮夾，也正是掉進去就出不來的漩渦，那不是她說的，那是她聽到母親曾經有過類似的說法。伯母在梳妝台前，在到前廳去會見父親時，總是略略整著自己的裝扮，而她站在旁邊觀看的神色不曾引起她的疑慮。伯母是悠閒的梳著那自從丈夫死後就留長了的褐色的頭髮。在她的睫毛的裡面到底藏著怎樣深不可測的熱情。難道女人的熱情果眞是有了愛情才點燃的嗎？

那愛情的絕望日後往往是從記起了伯母這鏡前的側臉而瞭解的。不，其實是由於這張臉而事先就預知了自己也將是走上同樣的道路。或許伯母的後半生其實是爲自己日後的情事先給了沉痛的藥方，而她的沉潭好像就沉在自己的心裡。從小伯母就活在她的心裡，也就是她的記憶中，伯母從沒有那樣鮮明地生活過。由無數的瞬間連串而成的自己，其實並不是一開始就有了伯母之死的影像，那是非常以後的事了。但是到底是什麼瞬間出現的，自己也說不清楚的，只是回想起來，那死的記憶早已跟自己生活很久了。

是在和亞樹分手以後嗎？不，比它早得多，甚至在認識亞樹之前就有了。

在蕭條的年代，以不可思議的生命力綻開花朵，那早已冷淡了的人爲之驚訝，而由於驚訝他們暗中產生了責備。在朝向日復一日的生活的未來，意志依然使父親走著奇異的道路。伯母的猝死——不是母親的死——才使他突然感到一時的驚慌。那傲然地我行我素的生活如堅實而封密的冑甲，如今才露出了一線縫隙。好像受到了侮辱一般，有幾天好似幼童般，突然不知怎麼生活下去了。混亂在他的身邊看得出來了，授課的恍惚已經到了學生都在埋怨的地步。這補習班遲早要關掉的。早晨的陽光射進來，學生的桌椅都積了一層油垢，哪一天她都得擦拭一遍，教室曾經在天花板裝上日光燈後顯得井然有序的豪氣，是父親一個人的意志的表現。現在沉默和黑暗佔據了這間教室。有幾天，他還是出門，但是再沒有朋友的遺孀好找了，只喪氣地在街頭游蕩，連身邊的車子都顧不到了。倨傲的眼神變成了仇視，好像伯母的死是對他個人的爲難，腳跟曳著無可如何的飛塵。這次他自動要求服喪，雖然他大可不必。

這是什麼名義呢？這是亡友的亡妻。現在他的同輩親友統統離開了世間，可惜母親沒有等到這個時刻，現在外面再沒有可以和他傾注生命的什麼人了，她但願母親還在世間，可以領受父親的最後的關注。但是她未免思之過早，也未免太不瞭解父親了，父親並沒有了結。伯母死後，他現在把心思放在了她的孤兒身上了。而這次是有意把他和她湊合在一起。父親在他母親剛過世的那些日子，把他接過來住了幾天，那是一個沉默的男孩，母親的死在這孩子身上蒙上了一層羞慚，尤其是和他的英文家教死在一起，這是令他抬不起頭來的。他就把頭埋在攤開的書本上，在家裡的補習桌上，然而她知道，他是一個字也沒讀下去的，她沒有去打擾他。她也正爲他母親的不體面的死感到難過。當這孩子跟隨著父親的遺志考上了台大醫學院的時候，他的眉宇之間還保留著母親與比她小十幾歲的情夫沉潭而死所帶來的羞辱。在他那清秀的五官蒙著一層緊鎖的闇鬱。他沉默地走上了做一個外科醫生的道路。有一段時間，他因爲沉眈於解剖課程而臉色驟然有了未曾有過的歡愉，她記得醫學院還未畢業時的他，有一頭豐密的頭髮，五官寬亮了起來，其實是一個外表堂皇的美男子呢。然而不知怎的，她知道這俊美的五官背後早已藏了過多的痛苦，因此每次見面時，只看到他的遭遇就產生了憐憫，這或許是因爲從小就在一起的緣故罷。他的身上帶著從解剖室來的藥水氣味，他將永遠愛著人，而他的這分愛延續到死後的那些軀體。當他談論著解剖室裡供學生們使用的屍體時，他的眼光透露著溫馨。他是從死人的肌膚裡看出來，才看到活人的可愛的。談起肌肉的紋理時，有如尋視著靈魂的流動。他喜歡浸沒在肢體堆裡，少年以來那憂躁的心結排遣在藥水裡，在藥水灘裡泅泳的人，那是一個優秀的醫生所必經的歷程了。難以測出的深度，突然有了如海一般奧祕的心胸，那或許也是一輩子想要理解的少年時代看到的母親從潭裡撈起來的屍體了。

眼光炯亮地注視著人體，母親的幻影，曾經多少次想要爲他提起而又吞了下去，只想試探一下，試著想打開他那沉重的眼神。「不，我只想做一個普通的人，一個普通的丈夫，一個普通的父親。」大學時代當他這麼說時，並沒有絲毫羞澀而不自然，只記得他們是到淡水去玩，他只望著天邊凝視。草地上蟋蟀在叫，海水涌出岬口，在面前展現的觀音山突然因爲沒有了陽光而暗淡，等到太陽再從雲端出來時，對岸的山坡才恢復了綠茵茵。他熟悉那地方，他的母親就埋在那地方。波濤滾動著天地的顏色，濤聲捲在風裡，那天從後車站踏上了火車就一直因他而感到愉快的旅程突到這時，在他的眺望的眼光中看到了落日的光彩，而不能不感到失望。雖然只差三歲，他似乎已經開始老衰，是的，一直等到遇見亞樹時，她才終於知道他原是沒有過青年期的人。在你還沒有踏入生活時，他已經憧憬著安定的生活。他們一直是很好的朋友，在無法瞭解生活的少女時代，她甚至覺得他們是彼此在戀愛著。他經常這麼帶著她到郊外，壯麗的波浪和輝煌的天空，圍繞在他的身邊，他曾經帶著她上過他母親的墳。在他突然開心時，曾以看麥娘的毛穗冷冷地撩過她的脖子，而他們的不能合好，讓父親失望了。父親的一輩子，作夢的大石，即使失望也是沒有裂痕的，即使將體恤的心和勇氣揉合，也挽救不了父親的失望，父親連一句話都沒有說，他知道這種事本就不能勉強。天空浮過難解的雲朵，比任何幾何三角都難以演算，父親不笑也不言，以一種比出現在學生面前更為莊嚴的倨傲審視著自己的失望，從此歲月只有損耗在這惱人的自責之中。而眼睛，永遠是瞪得圓圓的，在責問著誰。突然顯得空洞洞的一個家，木屐的響聲永遠填補不了家的空曠。

伯母沉潭後，當刑警來到家裡訊問時，那遼闊的夜，以妖異的形象縈繞著父親無法理解的苦果，他會自己一個人仰視著前方，「我很高興看到一個人肉體和靈魂都開花。」把年輕的刑警在陰鬱的坐談中驚動了起來。而父親暗中還有火焰在他心中。父親不斷懷抱著奇異的夢想，一定像懷著怪胎的婦人，非有強壯的精神，無以面對那一一夭折的胎兒。父親洋溢的苦楚，直到今天她還能嘗到那無以名狀的辛辣。即使他的微笑也是帶著薄薄的譴責，對人間。這就是他流露著自責的瞬間了。只有亞樹才可以以同樣狡黠的眼光嘲弄回去，而為父親引以為知己。每一種變換的輪廓都由彼此所瞭解，這是天生如此的嗎？或許是相同的身世？然而亞樹當時的年紀是談不上身世的。當你走近繞著他的深談而識出的神祕的氛圍，你只感到生活不是這樣的，只有覺得這樣才最實在，我們其實不都這樣嗎？他們來到彼此的面前，他們都不戴著尋常的假面，但那眞正的頭顱和眞實的臉，要命的嘴唇在角落的陰影中滔滔地談個不止。直到旁聽的人也陶醉在其中。然而記得那時，這種談話只帶給你憂愁的恐懼，因為你還沒有開始生活，你還存著一些美好的想像。隱痛在啃嚙著他們的臉。父親活到那時，對於他一生想握到的什麼還不肯罷休。到他迷路的膝蓋都顫抖時，他只想用凌厲的眼光把那東西就範到他的腳下。噢，父親，他還有明天，他還得再活下去，明天，明天的明天，明天的明天的明天，和別人一樣，直到死期結束了他苦惱的追問。到最後已經帶著殘酷的眼眸，和他的茫然的失落混合起來，傾注著他最後的憤懣，然而畢竟是冷薄的餘暉了。他再也不需要陽光，他開始在黑暗中靜坐，不許她打開窗。一日的三餐縮成兩餐，接著連兩餐也不想吃了，食物對他是一種累贅。他只喝著開水，然而他的精神還在那裡準備在永遠無法解開的繩結上讓他揮霍。

夏日過去以後，又有一陣暖熱，內外襲開奇異的花香。「那不是桂花，那是別一種花。」但那是什麼花呢？

失色的鏡子面前漸漸又有了生的光輝，投在鏡裡的目光漸漸傾注著，從幽暗的棄屋再走出來時，隨著腳步在身後撒下了點點歡樂的影子，幾乎是闇默的腳步牽走了多少人家的歡樂。時間的重壓在累積。腳步帶著夕夢的冷悄，在亭仔腳的柱子和柱子之間隱現。那耗損的歲月，看著她在柔軟的綢緞裡面伸展的姿影，短暫的燦照顯得單調。而父親矍瘦的臉早已罩上了一層陰暗，和母親吵架的時候。自己從小就厭惡著花朵的無聲的垂放，自己是在愚蠢、猜疑、嫉恨中看著成人的世界長大的，而成了吝嗇和膽怯的人。

伯母的陰闇的臥床的一角，披掛著暗中也能閃光的衣裳，猶記得幼小的自己曾經驚恐得聽到自己咚咚的心跳。

直到有一次鬱悶的母親對父親產生了厭惡，這時母親染上了沒有起色的病，母親嚥下她的幽怨，對父親的高遠的理想不再有任何信心，青年時期唯賴母親把他從絕望中救起。母親常說，父親在絕望中的那分文靜打動了她。而父親難道在母親的身上試驗著愛情的能耐？殘酷啊。難道父親以爲凡是相互愛過的就不再破碎，或甚至不惜於破碎。他竟對妻子在天井裡突然在心胸抽緊之後潰洪似的號哭中冷靜地穿上了外出的衣服，有一段時間，女兒的她覺得父親已經中魔了。或許他生來就是一個惡魔，既然認爲那個女人美得夠他拋棄這個家，那已是老嫗般的母親無論如何是挽回不了他了。直到死，母親不曾贏得一次讓父親回心轉意留在家裡。那是補習班辦得最盛的一段時期，每天最後一班在十點鐘下課以後，父親就隨著最後一群離去的學生匆匆騎上腳踏車離家了。母親知道，父親除了身子跑過去以後，連那時補習班賺來的大筆錢也都拿到了那邊。母親就是傾其全力也抵不上那女人的一個顰笑了。人家這麼說。小時候，女兒用自己的手拂過父親滿佈短鬚的臉頰，感到父親綻開的親靄的笑靨直躦到自己的胸裡，那時幼小的她就會加倍把父親抱緊而感到生命的溫暖，沒想到從那笑容裡面還挖得出這麼多的卑賤的東西。而父親高興之餘，把她高高舉在空中的驚叫也撕不去日後父親的背棄，母親到死以前在飯桌上都保留著父親的位置，只由母女兩人無言地結束每日的晚餐。

天井的清醇的黃昏，每日都有萎謝的影子，等待最後的幽暗來完成無聲的冥合，而別處這時候正是歡樂的開始。鄰居們勸母親進廟，倘能解開母親的憂愁，她也希望如此。但是高女畢業的母親畢竟沒有這個習慣，而對生活的厭倦隨之而來了。就在這時，那邊傳來了伯母已經懷孕的消息。熱情在激湧，一切醜陋的都具有奇異的繁殖力。冬天的陽光突然因爲那個夏天的颱風吹倒了檳榔樹而斜斜照過來，病黃的母親嚥下了最後一口氣時，一句吩咐都沒有。儘管她在身邊哀聲喊著她，「媽媽！」然而母親早已沒有話了。日後想起，那是對作爲女人的最大抗議了。茫茫漠漠的地上，行走著無告的女人。或許就是母親最後看到的景象。也是想讓她親生的女兒知道的。

蝴蝶在初夏的巷口紛飛，父親的腳踏車穿過了蝴蝶群，那去的急促驚散了陽光中悠閒的飛蟲。璨亮的粉翼像紙片飛向屋頂。瘋狂傾注在父親急轉而去的車輪上。午後的陽光照在本是爽靜的巷子裡。生活，不可知的一些連續發生的斷夢，在燃燒的靜默中逝去，而失色的鏡裡的麗影也終竟成爲過去。伯母的褐澤的長髮在映照著斷崖上常綠松枝的蔭影的潭水上飄蕩著，隨伴著詛咒，在成千上萬的碎光中被渡船上的人發現了。接著刑警隊的一班人馬來到。伯母的生命結束在夏天已經過去了的一個碧潭的夜晚，能夠提供父親清白的證據就是這場死亡。

父親會在醒著的時候作夢，自己擦拭著補習室的桌椅而喃喃自語。而在夢裡笑起來。「爸，爸。」卻是搖不醒的。在暝色中父親的臉，早已失去了血色，雙眸變得灼灼有光。究竟該怎樣活著才是，仍然振振有詞地思辯著。一生除了這件事以外，什麼也不會，什麼也沒做過，這能算是自己生而爲人的一點標記嗎？我是懷疑的。不過也覺得父親非這樣不可。

靜止無聲的深夜沉入了記憶的底處，一再糾纏難解的往事逐漸和昏弱的燈光揉合在一起，靠著對面的路燈而隱約照出了「建成補習班」的招牌，終究成爲一片光亮。和亞樹一夜一夜通夜的深談，自己好似有了明晰的輪廓，有了從容而自豪的神色，那是從過去爬了出來，好像一個過久泅浸在海裡的人，終於靠了岸而爬了上來的，回頭再看時，海已經平靜如一片明鏡；夢想家瞬息間的喜悅。

現在每天的清晨未來以前，鄰近的公雞還未醒來之前，地上和天空都緊緊接連在因靜止而顯得格外豐碩的生命之中，天空將在下一片刻的任何瞬間裂開，就在那期待的滿足中，父親緩緩走進了他的寢室，開始了他醒著一天之後的睡眠，和睡眠中的清醒。

悠悠想起了亡妻的那雙手。纖長而緻嫩，在初婚的那年，突然在岳父母的背後暗泣了起來，雖然是新時代的女性，也還是要過著同父母在一齊的生活，皙白的五指抓著了他的衣領而顫抖起來，突然好像是雙手在哭泣似的。那灌注了生命的雙手吸引了他的注意，成爲愛情的信物。冬月被冷水凍紅的十指，映著冬陽而在水裡浮現著瑩瑩剔透的桃紅。

亞樹的事震驚了他，他在向女兒追問亞樹時，表現了未曾有過的躊躇，好像每句話問的不是亞樹，而是自己，他必須從記憶裡再挖深些，亞樹的影子把自己帶到已經渺茫的底處，在那心的最裡層，那是一種仍然搖擺不定的東西，雖然自己已經到了這種年齡。那是一種可怕的疑心症，其實自己對什麼都懷疑的，到此刻，他才認清這一點，而這使他驚悚。然而他的身子是不動的，他坐在現在是空無一人的教室的講台上，聽到了自己正在授課的聲音，感到陌生的羞愧。他無法瞭解這聲音是什麼構成的，是什麼力量驅使著而發出那麼宏亮的響聲。可怕的鬼計啊。他又聽到自己走進教室，繳納了學費來上課的學生們從椅上站起來，桌椅搖動的聲音嗶嗶有如海浪。

而她回來竟已太遲。她在山上找不到亞樹，從山下的小茅屋再上山時，她突然停住了腳步，胸口怦怦地跳起來，她突然想起了一個人留在家裡的父親。好像在噩夢裡無意間發現自己把父親丟在家裡已經是很久的事了，她匆匆跑上山去，在廟裡留下自己家的地址，請他們通知她，如果亞樹上山的話，自己乘著火車趕回來。她從後車站叫了一部三輪車直衝回家，一路上中魔似的驚叫著老天爺。她希望能夠現在就看到父親，她起了深深的悔意，這一向她把父親忘在一邊了，她整天想到的是亞樹，她自己暗中起誓，今天回家要好好開始照料父親，以後的日子要好好和他在一起，直到他最後的一天。她這樣想著，也曾經這樣告訴過詠月。有一種東西叫著幸福的，她依稀已經看到了，在飛奔的三輪車上，暖風在她的耳邊發出旋轉的急昂，她已經接近了那生命中第一次出現的幸福，她因為自己的新的發現而感到安慰。其實這不就是父親和亞樹沒日沒夜一再談的東西嗎？她一時很想許下一個大願，是什麼呢？她也不甚了然，只感到那是很大的一個東西，爲了要接納它，她的胸口也整個向前方裂開了，全身的熱流奔騰著，她沒有了自己，街道，樓房，天空，踽踽行走的可愛的人們，她圍裹了整個的城市，台北，那就是她了，全世界，那邊是她，車子在窪地裡顚簸，然而她不覺得，只知道自己走在平坦的大路上，一路向家，向世界奔去，在稍清醒的瞬刻間，她憂鬱而快樂地容納了父親、亞樹、逝去的母親……。

不知怎的，幾年前亞樹辦完了英教授的喪事，從火葬場一個人走出來的影子出現在她的眼前，現在她瞭解了他當時的心理，那是多麼稚氣的人啊。人不應該那樣。倘若是她，她不會是那樣的，至少她在逆風疾駛的車上，就這麼認爲。現在妳有父親，妳有亞樹……人不應該那樣痛苦。錯……錯……錯，都錯了……她也錯了，只是她現在不再那麼錯下去了……而這全部顯得還相當混亂的想法，只被一心想再見到父親，一心想如何照料他的衝動一路引向前去。或許還不會太晚，這個念頭叫人傷心。她幾乎要淌出淚來了。車子駛進空寂的巷子，停在補習班招牌的下面，大門是關著的，她拿鑰鎖的手軟了。打開門，衝進屋裡，教室只感到空曠冰涼，桌椅的木器有一種古老的氣息，她從後廳走進父親的臥室，沒有人。她全身發涼。「父親出去買東西。」這個突如其來的念頭其實不再可能安慰她，因爲她知道，幾年了父親從來沒有再出去買過任何東西。然而她現在很想這樣騙自己，昨天才離開的家已經顯得很荒，薄薄的一層灰在無意間已堆積了幾年的自己的對家的疏忽，一瞬間，剛才一路在車上的奇異的念頭突然成爲自己靈魂中可笑的布施，這是父親不屑於接納的。前一些時才感到那豐盛的思念一下子成爲一堆穢屑，而她的關心其實是冷酷的一點補償，穢屑啊，她的生活。

然而亞樹被家裡的那隻狗愛著，沒有看過被狗那樣愛著的一個人。他一邊講話，一邊瞪視著很遠的地方，眼珠腫脹著，唯有那狗來到他身邊，他才把注意力收回來，逗留在狗的身上，把亞樹喚醒回到眼前，那狗遠比人有辦法。亞樹從很遠的地方回來了，他的眼光落在老狗脫毛的疤塊上，以一種在人跟人的交往中看不到的親密拂摸著那疤痕。似乎是曾經害過瘡疥，或者狗的確是老了，身上有幾塊才收了口的瘡傷模樣的嫩疤。在生命中至少是這樣東西吸引著他的關注。

或許亞樹只愛著動物。在樺山鐵路倉庫那天，記得他突然稚氣的把手向天空伸了出去，然後在頭頂上的簷角摸下來一窩小鳥的那種神情。是的，在台北他至少有過那樣開懷的笑容。在生命中至少有一次摸到了他自己的道路，然而那只是一窩還沒有羽毛的東西，眼睛還不會睜開，還認不清這隨時要加害於牠們的殘酷的世界，只有一層稀落的皮肉包著可以看得見的吃力地蠕動著的肚腸，這些小鳥都在睡覺，亞樹用指尖碰了一下鳥嘴，牠們就唧唧叫起來，張開了黃色的小嘴，以爲父母帶東西回來了。

那是美好的世界，記得那天回家，夜裡上床時第一次感到並不寂寞，很久以後，她還聽到托在亞樹掌心的一窩小鳥的唧叫，或許她更記得亞樹靜靜靠近了鳥窩仔細在端詳時，驟生起了微笑的那張大臉。經常無言而瞪視著的眼窩裡，那觸到了就會令人感到燙到了一股森冷的眼光消失了。

難道她十七歲時是懷著好奇去接近亞樹的嗎？從火葬場走出來的一個人在無人的人行道上靠著殯儀館的一段短牆走過去，辦完了老師的葬禮而突然落寞的身影曾經吸引了她全部的心思。然而只有後來才知道，他的落落寡歡並不是因老師的猝逝，而是他原就是這個樣子。後來她更發現對他的冷漠她幾乎懷著無法瞭解的狂熱，在她醒來時，她對他們兩人的交往早就抱了憂鬱的看法。他在陰暗的地方看著世界。然後走出去，陽光照在他的身上，高高的身軀無論穿著什麼衣服都在收縮緊張，那是跟世界格格不入的表現。無論走到什麼地方，他都忘記了自己已經介在人群當中而兀自思索著什麼。「他可以幾天不說一句話。」這是同學們都知道的，而這句話是他母親說的。他可以一個人——也許在一個角落，在街上，在彈子房——他總是像一個人在打似的，他從不留意和他一齊打的任何人，他沉甸甸的眼神投在撞球桌的洞角，好像投在天涯海角，然後一桿撞去，要撞碎了身邊的一切，然而彈子房他是待不久的。她常常想到那狗最初是怎麼和他有了交情的事。唯一能夠逃脫他的憂鬱的是冬天。有一次走進他家時，整條狗趴在他的雙腿上，他在那兒正寫著信。寒流來的日子裡，屋子裡充滿了炭火的嗆氣，反而有了一分安適的溫暖。在陰沉沉的冬日的鉛空下，他會突然在那些日子裡對人間不再存有仇疑。

「林正傑律師事務所」的檀木牌子裹在灰塵裡面，成爲被人遺忘的古老的東西。日據時代的名辯護在光復以後，就成了空有其名的律師，他的激憤釀成了晚年的肺鐵。現在他也用「四腳仔」來罵和自己一樣是漢族的同胞了，唯一的分別是：日本人是狗，而目前這些阿山仔是豬。於是他在沒錢的時候也會走進麵店，然後以一種特別的語氣喊著，好像唯恐旁桌的人聽不到：「來一盤炒豬肝！」豬肝就是諸官，閩南語是同一個音。對於陳儀那批人，他是瞧不上眼的，日本人還做做樣子，這批豬是用不著法律的了。他們的軍隊就是法律。啐，他開始學著他們啐痰，於是把「護辯士林正傑」的牌子換成新的以後，就沒有接過一個案件。台灣人可以當醫生，不能當律師，連國語都講不通的，怎麼替人辯護。說的也是，「騙人的，看看法院吧，現在都養著一批兵仔在裡面，大白天在辦公室還掛著蚊帳睡覺呢。法律是什麼，他們都搞不懂。」於是他把自己關起來，開始跟自己的兒子也疏遠了。晚上坐在昏暗的燈下看著他古舊的法律百科全書，像大磚頭一樣搬到書桌上，他突然想出國，想到他這一身的學問在日本或許還有些用處。於是他天天在外頭走動打聽，一年以後，他從外頭回來，變得垂頭喪氣，人更加偏傲，他把門關得緊緊的，自己難得走到前廳，於是那事務所的招牌更其掩藏在街道上的汽車輾揚起來的塵埃裡。他在憤懣和沉暗中變老了，把滿肚子無法發洩的惱氣隨時不假思索地傾倒在母子兩人身上。女人忍著，而兒子在進了大學以後就閉了他的嘴巴，再也不還父親的嘴，不是他開始同情父親，而是徹底瞧不起他了。做父親的現在除了沉默以外，就是夜裡在一個厚厚的自己釘的簿子上寫著東西，人再也不可能交通了。所幸還有文字，在他氣憤不能控制的時候，他就會訕訕地說，留給遺族看的。死後，亞樹翻開了已經把三本筆記簿釘在一起的父親的書，裡面記的都是數目字，是每天的家庭開銷。這些帳目就是這位律師對世間的控訴了，會看的人或能看得出那可以稱爲一種罪過的生活，台灣文化人活的就是這種接近赤貧的栩栩生涯，在這裡知識早已荒棄。再也看不到一句表達著人類精神探索的痕跡的文句，「那是最大的諷刺，或許那是最大的控訴了。」亞樹說。從頭到尾都記錄著一種律師無法營生的實錄，生前據說是不能以辯護士爲滿足的父親，是學生時代還經常以法哲學的修養來充實自己。他是一個孝子，他是祖母四個兒子中她最疼的一個，最後是一天一天吃完了殘餘的一點家業。連那阿拉伯數字的帳目都帶著譏諷的筆跡，最後他嘲笑了自己。

「這是比較能打發晚年的一種生活，如果比起嘲諷社會……」亞樹說。

「那也是一種智慧的表示，一般人或許還不懂得嘲笑自己是什麼呢？」倚虹若有所悟地回答了，當她這樣說的時候，她覺得自己走進了一個全然陌生的地方，她似乎懂得了自己在說什麼，然而在心裡稍一躊躇，就感到其實自己不知在說些什麼的。那或者只是想安慰亞樹因氣死了父親而越來越深重的痛苦。

「父親是我害死的。」

「不會的，不全是你的。」

「那麼還有誰呢？」

「你父親那時的身體已經很弱了。」

「其實妳不必安慰我。」

歐吉桑猛地拉開了紙門，而亞樹是個夢想家。她沒有想到在這狹小的工友室裡，會看到他坐在那裡，而且坐得那麼泰然。好像就在自己的家裡。奇怪的是一個學生不在教室裡上課，卻閒坐在這榻榻米上抽菸。而她竟看到了另一個亞樹。他臉上的輪廓已經鬆緩下來，英教授過世前後的冷傲已經洗去，出現了清新而憂鬱的神色，當紙門被拉開時，他驚訝地抬起頭來，手指間的香菸停在空中，青色的煙縷在悶窒的空氣裡變得很滯重，他噢地一聲面對著她。他的思緒正在翻滾，被打斷了。他好像一邊抽菸一邊聽著自己的聲音，深夜裡聽著自己的腳步聲。現在他的眼睛因為才從夢裡回到現實，因此還在空中浮動，疑惑地注視著。那時他看到了即將發生在他們兩人之間的那點影子嗎？

狹隘的房間飄逸的是一股強烈的燉藥的氣味。太陽還沒下落，這裡薄暗已經瀰漫每個角落，那指尖的香菸是唯一發亮的圈圈。胡亂放在牆角的一口鬧鐘正以粗啞的卡卡聲提醒那尷尬的沉默。亞樹的眼睛已經從她移開，垂在他盤腿而坐的前方，這頭突然被騷擾而顯得不安的檻裡的獸，直到歐吉桑開了口，說是要找紅藥水時，他才略略恢復了自若的神態。他經常這樣懶懶地坐著嗎？糊著補貼的紙門和斑駁的粉壁正適於他的思索。破敗的氣息緊緊裹抱著他。無端打破了他靜坐的她，感到了歉意，甚至覺得自己的粗笨了。而他因為被打擾而頓然失措的模樣，看在眼裡，她竟有了一種感激似的歡喜。就在離他那麼近地站著，已經預感到無法逃脫的力量。她也走進了他的檻裡。就在那天已經有了模糊的知覺。往後，他經常以他那難測的眼神直視著她，然後毅然地走開，好像早就在這工友室裡的遭遇決定了的。之後，在世界的邊陲，她隨時都願意記起那一天，記起紙門被拉開，而發現了原是一個夢想家的亞樹。

「那天你爲什麼不上課，躲在歐吉桑的房間？」「你找歐吉桑做什麼？」

快分手的那一年他們才提起了那件事。

「滑了一跤，在他的房間，他爲我找紅藥水。」那時，她在水溪邊，全身濕了，一場西北雨把他們兩個人淋得透透的。河水滾滾地流著，當雨越下越大時，整條河開始泛泥，洪水來臨的轟轟然令人突然產生了畏懼，亞樹脫下了雨淋的衣褲，河水快要浸到膝蓋的整個人是赤裸的，這是他們的最後，當時她並不知道，而他似乎有了預感，因爲第二天他就爲父親購買墓碑去了。他沒有表情的身體突然賁張了起來，而把她緊緊抱住了，雨還在下，河水在腳下翻騰。他沒有說一句話，憤怒的衝動支使著他，她緊緊地被鎖在他的身裡而感到唯一一次的驚慌。雖是下著大雨，也還是大白天，她擔心著有人會走過，而他彷彿不顧一切，他積累了一身難解的苦楚，他隨時要對什麼報復，他向自己的父親報復了。他緊緊摟著她，自然也是爲了這件事，她在他的臂彎裡是這麼理解的，當然還有別的，只是她也願意緊緊抱住他，不讓他離開。儘管他緊硬的身體越來越壓迫著她。

在新英格蘭的夏日的黃昏，當詠月親手調煮的咖啡已經從最初飄出屋裡的濃香變成了杯底的殘屑，她們的手臂深深印著藤椅的條印，週末飛逝的時光，躲在最後一片落照裡，她們還沒有想到晚飯的事情，她們都還沉在椅裡不肯站起來。詠月原是經常熬夜而疲憊的一雙眼睛因剛才的擴展而有了一層游動的亮光。

「那麼你們是相愛了一場。」

「是的，那次的溪岸邊，總是會想到。」

「你愛的也是一個不快樂的人。」

「但是那次，令人忘不了。」

她們說得並不多，各自的身體都在日暮的晚光裡不動了，她們的思索又進入了至今依然無法理解的時間的流動。然而這不是最後的一次，在共同的生活中，她們越發感到她們有太多的事情要彼此傾訴，儘管那都是無法澄清的，儘管那是令人再度感到疲憊的惱人的往事，儘管講話時禁不住要咬住嘴唇，但是這些都將從她們的對談中重新來到面前。有時竟也有突然令人靜穆的時刻，變成了她們在這冷落的世界的邊陲唯一值得的行動。她們有時彼此越過了對方的肩膀而發現了什麼東西，她們無休無止地談著，彼此談著，也跟自己談著。陽光和記憶混合在一起，未來是什麼？「未來或許是不斷回憶著現在的一種生活。」沒有人會這樣感到愉悅。時光在不爲人留意時，也常常在身邊縈繞著像毛線球。曾經感到恐懼的回想，如今卻眞地靠它在生活。而每次結束時，全身感到虛脫般的興奮，在軟軟的晚風中，看著被掀動的窗帘，突然空無一物的異國的生活帶來了耳邊耿耿絮聒的騷動，方知道過去或許還是無法揭開的祕密。

「那麼你爲什麼在那裡。」

「我是給歐吉桑帶當歸來，他要我留下來吃晚飯。」

歐吉桑患著胃寒的毛病已經有半輩子了，他不喜歡去看醫生，一到秋天，他就在肚子上繫著日本式的肚圍，「我猜他是潰瘍症，或許是十二指腸潰瘍，當歸對他有用，是的，我就常常帶給他一些。」

在新英格蘭，她記起了亞樹的一句話——在獅頭山上靜居時說的——文學院我只想起了歐吉桑和系裡的那位女工，只有在這些人的身上才看到了生活的質地。同樣亞樹是寧願生在歐吉桑的那間簡陋的小房，也不去生到人家佈置精雅的客廳的。沙發是最消滅人性的東西，我寧願坐在飯桌邊。於是他和父親的談話總是在飯廳裡。是的，和亞樹在一起時，從來沒有一起坐在任何人的客廳裡的沙發上。

頭上的雨水淌在他赤露的胸前，被濕透的衣服緊貼著的身背又被他緊緊摟住，在磐石下，流水急躁地從腳邊沖來又退去，傾斜的雨仍舊從頭上綻開的石縫裡打下來，尖著癲狂的風聲。而他與外界爲難的憤怒在她的耳邊形成了這風雨中催人欲狂的廝磨。河水在瞬間漲了上來，吹落的枝葉在泥沙裡顯得油綠，亞熱帶的無奈在狂暴中是悽涼的。你對一切都準備捨棄，有時連生命也感到不值錢。懷著這樣突如其來的念頭，經由亞樹摟抱著。她知道亞樹現在的心思不在身邊。他不是在對她發怒，值得他發怒的事情很多，但都不在她身邊。他的手臂此刻圍抱著她的身體，但他要抱的是一個更龐大更飄渺的某物。然而她沒有絲毫懷疑他的確愛著她，那經常的心思是她知道的，然而又那麼心不在焉。就像深夜在巷口的突然喊叫，在牆壁，屋瓦，由你和天空顫動。如果只爲了她聽見，原不必那樣大聲嚷叫，那是要叫醒更大的某物來見證這地面上黑巷裡的他對她的心思。

而這會她站在自己家門前的巷子裡，突然感到令人抖顫的神祕和恐懼。那迴盪又迴盪的被他叫喊出來的自己的名字，聽到自己的耳裡是陌生而遙遠的，爲自己暗示著前途的裂痕。那神志癲狂的叫喊，於今仍然令人心驚。後來他告訴她，那天他並沒有直接回來，他闖進了一家快要關門的撞球室，強迫正要離開的幾個人再跟他打球，把計分小姐急哭了，人家以爲他喝醉了酒，他是不會飲酒的人，那夜，他把口袋裡的錢全部掏了出來，並不是他球打輸了。「我把他們打得落花流水，說也奇怪，我的球打得並不好，那次卻有如神助，桿桿落袋，最後我叫了三輪車把計分的小女孩送回家，我要送她回去，她驚得連血色都沒有了。她以爲我不是喝醉了就是瘋了。第二天白天，我找到那家撞球店，想進去向那女孩陪個不是，店裡的人說『小姐』還沒有來，其實她才剛從小學畢業，那天她都沒有出現在撞球店裡，店裡也覺得奇怪，他問店裡她住在什麼地方，店裡的人說不知道，後來再見到她時，才知道那天回去太晚了，她的舅舅不敢再讓她去了，還是撞球店請不到像她那樣好的計分小姐，才又再三拜託把她請了回去，後來我再到店裡，她不再怕我了，其實這樣一個人寄住在舅舅家討生的小女孩是很孤單的，她的家不在台北。」她就是亞樹後來在獅頭山下照顧的那人家的女孩。而這小女孩，曾經讓她對亞樹產生了誤會的就是她。當亞樹從她山下醜陋的小屋低著頭跨出門檻時，不期然瞧見了她而站住不動了。他的身材和那低矮的屋子是極其不配的，他碩大的頭顱已經頂到了茅草垂落的檐頂。而她會錯了亞樹的笑意。現在她仍然為了那次的妒意感到自己的愚蠢，他是去看小女孩的熱病中的母親。只有那次，她找到了他臉色的稚氣，但是當時不懂得的她卻格外為這寧願而溫柔的臉色而認為他是卑劣的。

有一長段時間，她就用這種偏頗的眼光看著亞樹。什麼時候她才恍然到，在山下茅屋門前的那笑容原是和他撫弄他家裡的老狗時，那特有的臉色是一樣的。那是一種無止境的寬大，那是彷彿在自己的母親身上才能找到的平靜，而後來她觀察到，一旦接觸到除了自己之外的任何人的疾病時，他就有這種平靜的臉色，除了他父親以外，也許，這是多麼令人遺憾的，一個對別人懷抱了格外寬大的同情的竟捨不得也給自己的父親，這是任誰都不會相信的，對自己的親生父親不能寬容而加以苛薄對待的人會有對陌生人的同情，或許有人以爲這是虛僞的了，然而亞樹並不虛僞，然而他就是這樣的一個人。他自己卻不懂得這一點，毋寧他是一個隨時充滿疑心，懷恨世間的人。這或許不是人所能瞭解的，然而他家的那條狗卻知道。你不會看到被狗那樣愛著的一個人。在她認識他的時候，那條狗已經很老了，看到牠總是無精打采地踡伏在門前曬太陽，但是只要亞樹的腳步接近了，牠會先豎起耳朵，然後抬起頭，看到是主人時，就勉爲其難的爬了起來，搖擺擺地走了過來，狗已經老到跑不動了，走到他的腳邊就廝擦著他的腳，發出唔吟的聲音。亞樹說家裡的叔叔一個個死去時，有一長段時間，他是跟這隻狗相依爲命的。她甚至嫉妒這條狗了，因爲他和她在一起時，也沒有過狗和他在一起那樣的溫和而寧靜，一種美妙的安靜氣息就會瀰漫在整個的周圍。他撫著狗的身毛，狗因他的搔癢而躺著，那是一種安寧的保證。在突然興起吃狗肉的當時的台北市，他的撫是安寧的一種保證，這隻狗沒有眨過疑懼人類的眼光。因爲有這樣一個主人，狗也顯得懶散了，經常在漸漸沉暗下去的天色裡就閉眼睡起來，仰露著曾經哺育過而如今已經鬆弛乾癟的腹乳，頭部棲在小主人的腿窩裡。你沒有看過畜生那種心滿意足的憨態。

「只有狗的心滿意足是一幅美麗景象，換成人就變成醜陋的圖畫了。」

「爲什麼呢？」

「自滿的人是叫人厭惡的，看看那些從餐館裡走出來，口裡剔著一根牙籤的模樣吧。」

那是他一向的觀點，其實他是厭世的人。不是說他想尋短見，結束自己的生命，而是說他討厭世間的人。慢慢懂得了他討厭的是什麼，只是那時感到又何必呢？你走你的路，人家走人家的路，不就行啦？

「現在不這麼想了，現在只感到亞樹這樣的人實在是稀種，實在是難得，然而實在是太痛苦了。」

「如果還能夠和他在一起呢？」

「那一定也惹得自己痛苦不堪，不過……」

「不過？」

「不過，還是值得的，有時候痛苦又怎麼呢，總比不知痛苦要好得多。」

「妳這樣以爲嗎？」詠月瞇笑起來。

你忘了你以前的痛苦，我給整得夠苦的。也唯有那段時間覺得自己活過，活得很充實。現在這種清靜反而落空了，反而不算生活了，反而是像一個廢人一般。

這天下午，萬里晴空，溽氣消失。她們坐在後院，茫然望著加拿大楓梢升上來的藍天。三點鐘左右的時光無聲而柔和，她們暫時沒有別的可談了。詠月時不時磕著阿月渾子，不知怎的，天空隱約藏著什麼聲音，好像就是她們剛剛的談話，還在迴響，變得幽遠難測，因談話而灼燒的臉頰把那聲音擱遠了。耳朵裡隱然有一種奇異的聲音。

那是十數年前的一片天空，也是寂靜的夏天，家門口的那條巷子流動著懶散的光影，什麼都漫不經心，世間的喧囂都被高高掛在頂上的天空吸收了，那無聲而靜止的午後奇異有如夢境。只有遠遠的車聲，膠皮輪胎黏在軟軟的柏油路上的沉悶的聲音，間歇地從空中傳過來。驀地有高聲的喊叫穿梭在這隔了十數年的空間。那本是宏亮的聲音慢慢地化爲波浪，高掛在無垠的藍天。然而又準確地打動了她記憶的某部分，有一下沒一下的。這時，有一片雲緩緩游過頭上，令人憂愁的空曠彷如出自想像，突然被她發現，已經罩在她的身邊，不禁悄悄想起了那一天窗口剛剛朦朦發亮，父親的影子閃過蚊帳外，想起了直到今天還無法理解的那謎一般的大聲喊叫。

亞樹一躍而起，筆直的身影向前奔去。

早飯以後，亞樹父親的訃文出現在報紙上。

那是冷靜的身影，貼在窗口顯得高大，擋住了從醫院的四合院射來的光線，像一尊一動不動的門神守護著床上的病人。我們靠床坐著的人，因爲逆光，看不清他的輪廓，在大家默默守著昏睡的病人時，他俯視著所有的人，那站著不動的黑影彷彿完全沉在自己的思索裡，同時身上也似乎放著幾分輕蔑，對他自身以外的一切。然而他是病人唯一信賴的學生，也是師母在這個時候的得力助手。那排拒性特強的氣焰無論如何看不出爲什麼他得到病者一家人的信心。然而從火葬場邁著疲倦的步伐走出來時，你突然感到那高高的身影，就像豎立在屋頂上的一截煙囪，在滿佈陰霾的天空中，唯有從他的身上，能夠由衷地升起炊煙，提一提人們低鬱的心思。聽說他已經幾天幾夜沒有入眠，除了要照顧老師的屍體，也得撫慰精神瀕臨崩潰的師母，還有她一個任性的女兒。火葬是老師臨終的意願，這傷了師母和女兒的心，因此在火化時，師母整個人休克在他的身上，葬儀完畢時，他那寬舒的眉宇已經罩上了一片黑影，那是已經不知睡眠爲何物的痲木狀態。之後，幾個月的時間在校園看不到他的人影。有人說他在蒙頭大睡，日夜不醒，有人說他離開了台北，教授的死壓抑到現在才爆發了他的哀痛，他不想留在台北。有人說他休學了，這位心愛的教授去世以後，他沒有到學校聽課的興致了。再看到他時，消瘦了，然而那嘴角依然是原有的倔傲的任性。那時突然有人發現他在學校裡出現，是的，那就是他，從教室的窗外可以看到他坐在工友室裡，坐在一個矮凳上，喝著老工友遞給他的一碗什麼。大家奇怪爲什麼他跟那工友又那麼接近了，之後，可以看到他從那暗隘的小屋裡出出進進。

工友室是在文學院被二層樓房圍起來的一塊還算寬僻的院落裡的一間小房。不是臨時的建築，而是日本人在建築這台北帝國大學的第一棟樓房時，就是這麼設計的。現在不一樣的是這工友室也成爲一個小通道，有時爲了趕上課，從院子裡走過人走出來的一條小徑，再穿過這小小的工友室到哲學系的教室就可以省幾步路。工友室的一邊鋪著三四塊榻榻米，即使大白天，偶爾也會看到病弱的老工友躺在裡面，連連咳嗽著。小房間的另一邊有個經常敞開的門，裡面堆積著木炭，小火爐在過道旁邊經常燒著開水，那是爲一星期才進院長室兩次的院長燒的，也爲院內的事務員燒的，也是爲他自己燒的。老工友的親戚有時也來，都像南部人的樣子，夏天裡，敞開了襯衫的紐釦，在大樹下扇著扇子乘涼，好像周圍忙著上下課的人都和他們沒有關係。學生們的忙亂絲毫沒有干擾到這些人心中的安寧。經年煙燻的磚色已經被掩蓋，壁腳則是由泥地浸漫上來的青苔往上佔據，透過黃檀樹的葉縫，薄薄的陽光照在炭煙和青苔交結而相互爭奪所形成的靄靄可喜的色澤上，多少年了，枝幹斜斜長上去的大樹庇護著這間小小的工友室。工友身體好的時候，總是可以看到他蹲在院子裡除草種花，午前的陽光靜靜照在他傴僂的背上，四周的教室都在上課，他偶爾的咳聲在空曠的庭院裡震盪，從教室的窗口傳進來，令人感到歲月中隱藏的寂寞。溫暖的亮光鋪滿他在院裡栽種的花草。老工人從小在這個學校長大，從日據時代就是工友了，因此這是他眞正的家了。他經常到園藝系裡拿來培植的花卉，倘是不病倒，一年之中不斷可以換著花色。那一年，大颱風過後，他在院子裡鋸下被風吹折的樹幹而病倒了。在那枯燥的理則學的課堂裡，老工人傳來的咳嗽聲竟鼓舞著他，去留意窗外他精心種植的，而現在正在陽光中被一陣庭風吹娲的花圃，接受暑假前的學期終了總帶來的無端的悲哀。

臥房裡電視餐和即席咖啡的味道令她作嘔。她想告訴詠月，春天來的時候，應該把窗戶統統打開，好好把家清掃一遍。但是最重要的是，再不能把各自的飯拿進臥室裡吃了。她們應該恢復輪流燒晚飯，無論詠月實驗室有多忙。「妳好像是害了喜病的婦人。」詠月倒是這樣對她說。有一段時間，詠月在百忙中細心照顧著這位因提起婚事就憔悴而又害怕著食物的室友。她的腳步在倚虹的臥室出出進進，踩禿了樓梯甬道的舊地毯，先提出臥室裡有飯味的人居然還是提不起精神走出自己的房間。自從去年冬天，倚虹害了支氣管炎以後，人就瘦弱下來，入春後就比窗前忘了澆水的一盆海棠還要枯萎。

她們徒然尋索著記憶中的一張臉，已經是不存在的一段戀情，她們都有過。

「在沙漠的那一年……」

「那是怎樣的一個人呢？」其實這也是詠月自己問自己的一句話。

「妳不能想像。」

「那麼，他……」

「妳不能想像他會沉默得令人害怕。不是怕什麼，怕他會殘害自己。」詠月說。

在台北的黃昏，他們等待暑氣消散，站在鐵路倉庫的陰影裡，一句話也沒有。她耐心地等待著他的脾氣消降。他沒有食慾，永遠不感到飢餓，站在他的身邊，總聽到他跟自己作對的喘氣的聲音。

「或許，在他的腦筋裡另外還有東西。」詠月說。

「也許是。」

「只要有這種東西，妳是進不去的。」

「也許是。」

現在如果還會考慮到婚姻一回事，那麼支撐著她走向婚禮的日日夜夜無非是一種麻木的狀態。

「這樣的人，」詠月若有所思地說，突然有了一線智慧的光掠過眉宇，眼睛瞪大了，「這樣的人，即使夜裡醒覺的時候，也是和自己過不去的，他們的牙床會發出奇怪的聲音，黑夜裡磨著牙齒的聲音是很奇怪的，聽起來那麼近，但是又不覺得那是嘴裡的聲音。」

「他們都是作噩夢的人。」

「只是不知他們和什麼在糾纏。」

他因爲沉默而感到驕傲，那段時間，他變得很陌生，也難以向她傾吐實情。那段時間，他不想見面，他一定是想單獨思索了。台北的人是忍受不了寂寞的。

學期初的暴雨，一個暑假使文學院的庭院荒蕪了。這是和往年不同的，前幾天到工友室打聽亞樹的消息，感到彷彿歐吉桑這一向是病著。歐吉桑沙啞著喉嚨說好久沒有他的消息了，一邊說還一邊搖著頭。才看著他披了膠布雨衣在那裡鋸折斷的樹枝，第二天就倒在床上了。雨傾斜著，風還是很強，間或還發出咻咻的潑辣，什麼都在搖晃和下沉。在教室的窗口，她看見沿著樓下的走廊，一個暑假長上來的野草亂成一團，在風中像瘋婆子。風還在推進，庭院的上空滿是飛揚的落葉。在暴風中佇立不動的文學院似乎比風雨還無情。只有那棵黃檀樹不勝其柔弱，不停起伏著，樹葉掃到歐吉桑的門口上。亞樹似乎打定了主意，在暴風的呼嘯裡，當下騷亂成一片時，有一種強烈要求安寧的意圖，使他又走上山去。在這場凶猛的颱風中，想到他躲進廟裡，安然靜坐的樣子就使她惱火。

「快上山去。」第一次歐吉桑在樹下這樣催促著她。她倒是呆住了。站在那裡靜止不動，倒是歐吉桑焦急得發乾的幾句話從沒了牙的嘴裡漏出來時，她突然屏息而從這老人的身上感到了某種敬畏。是的，當一個人快要失去心愛的某物時，才會有敬畏之心，那是對生活本來就有的什麼的接近而觸發的。或許那時就是對歐吉桑的逐漸老邁下來而引起的衝動也說不定。總之，在下一瞬間，就感到了迫不及待，當時和老工友站在樹下就決定了要上山去找他。然而這次他並沒有上去。當老尼搖著頭說亞樹並沒有上來時，她突然氣沖沖起來，爲不期撞擊到一片空白而感到喪氣。下山腳步的顛簸其實已經開始了分手的岔路，是的，從此在家鄉就沒有再見到亞樹了。

事情就這樣簡單，她的掌心放在茶杯的瓷壁上暖著，雙手捧起來喝了一口詠月新沖的熱茶。望著窗外，九月梢的月季花還能逞強，艷麗的單瓣花朵沒有退色，而其他的玫瑰已經枯萎，未開的花苞縮成土褐色，凍颼在冷風裡。她聽到一陣水聲，繞過後院的溝裡流著不久將乾涸的泉水。冬天來以前或許應該再去見牧師談一次。

「但是，那老工友後來怎麼啦？」詠月問道。

「出國幾年以後，就聽說老死了。他的哮喘症……」倚虹心裡懊喪的是，在出國時竟沒有再去看他，沒有向他辭別是她在與日漸增的心情中成爲隱隱然難以開釋的一個心結。歐吉桑的滿佈皺紋的臉在葉縫瀉下的點點陽光中移動。文學院角落的黴菌充滿在四月的空中飄散。文學院最早開的花就是大門邊的那朵水紅色的芙蓉了。歐吉桑拿著細竹竿把被露水浸重而垂下的花朵繫在竿上，她猛地從花上抬起頭，亞樹氣沉沉步出了文學院。妳正想走過去時，只聽見歐吉桑說，不去理他，正和家裡父親嘔氣，今天五點鐘下課他會來我這裡，那時候妳再來。

和絕命書夾在一起的赤阪的來信，工整的寫著：

在學生時代看到台灣的照片，照出那些蠻夷的亞熱帶的樹林，那些土著袒胸露背的在陽光下行走，少年的心思就充滿了冒險的熱情，開發密林的衝動，即便在警察學校時代也還是有的。這一生倘能親臨和體會一下拓荒的生活，那芭蕉樹果實纍纍的景象，那熱帶叢林裡的炎陽，讓在北國成長的我的肌膚頓時賁張起來，而感覺到汗腺以難以抑止的想像地奔流穿過。想像中的陽光是隨著自己長大而光亮的夢想。

在武道場上，他緊握木劍，詩句從臉罩中以充滿沛然的聲調，隨著劍的起落流逸出來。當他說著「山麓花盛開，七天鶴常在」，他的劍已悠然出鞘。當他手上無器，盤腳端坐時，突然又有了「無人探春來，鏡裡梅自開」的詩句，那是慨然有了自在的胸懷，不能爲身外之物所左右的凜然。他教的銃劍術這門課其實比學校的精神講座的先生教得都精彩。他其實並不以強壓的語氣去講那些台灣學生聽了個個厭惡的大和魂。在操習當中念出的詩行就是一種魂魄的外爍，了無痕跡地爲學生們所樂以接受。在風雨體操場裡，由於屋外大雨的滂渤，引動了他的興致，也會放下木劍竹刀而大講起《葉隱》來，把這門日本傳統武士道的修行法稱爲「精神衛生學」。他從一場春雨裡走進教室，滿臉滿身的雨水，並不去擦拭，任由兩滴從三分頭緣著耳墜耳脊落到身上。他會一動不動地，以玩笑而又不失沉重的語氣，低聲說：「今朝，死神又和我迎面而過。」學生們正在清理頭上和身上的濕漬，聽了都抬頭茫然地望著他，他又接著說：「不過只是迎面而過，還沒有握手呢。」接著在操習竹刀以前，就講了《葉隱》裡「常住死身」這個緊要的觀念。講解完畢以後的操劍自然格外有了生氣，喊陣之聲沖澈在雨天操場的高頂上。下課在解護胸和臉罩時，他會輕鬆地說：「理想的戀愛是一種叫著忍受的東西了。」於是又吸引了本要離開的學生，把他又團團圍住了。然而他平素卻是一個嚴肅而寡默的先生，他是以當了宿監後學校裡兩年沒有滋事引以爲傲的罷。但是當他操著木劍往那弱小的台灣學生劈去，甚至以調侃輕蔑的口氣唸著，「知了在叫，不知死期快到」，而劍梢擊落了學生的頭蓋時，我們決定要制裁他了。

每天騎著腳踏車，風也似地穿過那兩排尤加利，似乎格外適於在這殖民地風土上茁茁壯盛的宿監的身影，自然引起了我們無比的仇恨。值得慶幸的是在本就是少數的台灣學生中很快就找到了同志。對日本人暗中懷著不滿的情緒是從小在家裡就學會了觀察的。那是經常可以在不經意的一個眼神或一個嘴角裡找到的。而學期快要終了是行動的好時間，終於我們結集了七個人。我還清楚記得他們的名字：蘇茂生，李家聲，蔡文隆，游士高，黃有炎，謝桐，和我。他們的名字成爲我身上無以磨滅的痛靶。記得當時，只有李家聲和游士高是住校生，其他五個人都是通學的。由於住宿不便外出，偵察的工作就由校外的五個人輪流進行。事發之前，在每日的觀察中，自然地映入的赤崗的姿態是極其令人討厭的。他出身警界，以高壓的手段做學監，無理地對待了一個弱小的台灣學生。在他這個人的身上輕而易舉地找到了你對現實的仇恨。這一段少年時期的苦悶，如今並沒有完全忘懷。對我而言，它曾經是我的生活，如今則是我生命的一部分，那種痛苦似乎無比雄辯地劃下了起點的標誌，經過漫長的四十年的時間，我似乎還可以聽到那遙遠的聲音。那場水田圍毆的殘戾，成爲不時來到自己面前的影子，別人或許由於少時不經意地走過一條幽靜的街道或仰望過伽藍的尖塔而成爲一生幸福的支柱，而我有的是……噢，不要以爲我在感嘆，那就錯了。那就不是我不厭其煩地把這些事說給你們聽的意思了。然而說是我以自己的少年爲傲，那也不是的。我毫無當年之勇可以拿來在人們前面炫耀。只是有些事情我於今不能忘懷，即便到了即將謝世的年紀，也還是沒有完全弄清楚。就拿那個學監赤崗陽之助來說，事前是幾乎充滿了置他於死地的念頭，然而事隔幾十年，當少年的我們都已經長大成人，我們重聚在一起，回想那一年，都突然感到赤崗騎著腳踏車從學校回家的姿影其實是異常雍容自若的。自己也因而常常在後來想到了他當時的家庭生活來。猶然是瞭解家庭生活情趣的人。常常想到倘若按原先的計畫行事，將會怎麼樣，就是在赤崗的妻尚未懷孕的時候，後來因事拖延了一年，以至於毆打時，赤崗的孩子才剛剛落地哇哇不到三個月。後來小孩子出生了，才明白他辭去宿監的職位，是爲了夜晚能夠回家陪伴懷孕在身的妻子。成爲我心目中幸福家庭的楷模的赤崗的這一家，在日後總是以這家的主人在夏日的黃昏中，豁朗地騎著腳踏車經過茵蓊的田間的姿影而展開想像的。不知怎的，總以爲赤崗在他那武士道貫注的生活中，也是一位瞭解體貼妻子的丈夫。那年夜裡對他家的偵視留下了異常的印象。少年的自己後來也模糊地有了倘要結婚也要有像那樣的一個家的想法。說來慚愧，這個家竟被自己弄得如此破敗……。

他妻子的懷孕並沒有被我們發現。直到有一晚聽見了嬰兒的叫聲時，才將信將疑地探頭望去，之後果然看到赤崗自己也抱起了一團東西而在搖著身子哄著。那嬰孩的誕生並沒有讓我們感到絲毫猶豫，反而認爲是下手的好時機，隨時無端地哭鬧著的嚶哇正有了一層掩護的作用，那是當時七個人的共同感覺，於是在這哭聲不斷壯大起來的三個月後，就在一個夜晚趁赤崗提著籃子騎車出門時，在樹叢子裡把他逼下了車，然後毆打了新近做了父親而格外開朗的赤崗。後來想到赤崗突然做出推翻了事實的決定之前，是怎樣想著他的那個家的，是怎樣想著依然在褥床的妻子和嬰孩的，他做出那樣的決定，必然要禍及自己的考慮不應該沒有。在嬰孩剛剛出生的時刻做出那種決定，無論如何是難以思議的。這也就是爲什麼後來這個日本人的影子一直在腦裡輾轉且無法忘懷，以致有一天，自己突然有了要把這個人找出來的決定，而終於打聽到了他在赤阪的消息。

蘇醫生總是懷著好奇去接近那降生的奇蹟，那麼爲什麼不去學婦產科？婦人生產的樣子太可怕了，因爲這樣才不敢接近婦產科。對於造物的感應，他是以驚畏的心來接受的。

那些昂揚的談天，幾乎都是圍繞著抱負而伸延開去。一開始就是一種尋求。自由，歡樂而又激越，只有在這種時候，走入了奇幻的路徑，我們才有了生活的實感。在蘇醫生家的客廳裡，只要一杯紅茶或一杯可可——我們不像現在的青年那樣沒命地喝著酒——就已經可以像神仙般悠遊自在了。從二樓的大窗望下去，台北城在我們的腳下。然而那是殖民地的島都，又常常喚醒了我們自喻為文化人的蹈空的想像，在黃昏的街道上，各自走上歸途時，經常是以揶揄自己來作爲結束。然而當時的想望會在一段時光之後重新來到，又佔據了你的思索。在那安靜而勁直的太平町上，曾經自認爲獨立人格的影子原來比秋風裡的雨點還要輕薄的。才不過幾年……噢，生命是一個追念緊接著另一個追念的累積。

往事遠比想像的更爲複雜的一段道路，一旦走進去，你不要奢望能走得出來。

而終於在二二八事變前，由於自己父親去世多年而如今才痛悟到的那遲來的悲傷，使他失去了生趣，他覺得自己的生命已經破碎。那時只是躺在床上，聽著清晨的街道木屐的敲叩聲，他知道晨霧會在逐漸雜亂起來的腳步聲中裂開。「光復了」，他還不知道這是什麼意思，只矇矇然知道自己看到了兩個時代的接替。

光復了，父親從此發現了最深沉的寂寞，在女兒的眼睛裡，他將每天在母親的怨泣聲中推出腳踏車，騎過巷子的水溝，然後揚長而去。父親將會拖著長長的自身的影子沒入那長年都垂著厚窗簾的醫生遺孀的房子。從小在倚虹的心目中，這位伯母就是一個絕世的美人，身旁是她發散著某種馨逸的體香。她的丈夫則是沾染著微微讓你喉癢的藥水味。然而他們總是那麼體面地出現在家裡的玄關口。

而那窗口，偶爾有意繞過去看看時，遲疑的光線，掙扎著從厚重的窗帷透出來。那光在陳年不動的布幕的那一邊原是昂然地燃燒著的，遲疑的是她自己。倖免於轟炸的古屋層層砌著沉鬱的紅磚已經失去了年代，窗簾動了一下，有人走近了窗口。然而那是她的幻想。每次她站在對街的亭子腳等待著不曾發生過一次的窗簾的顫動，到頭來只是自己站在風中發抖而已。從尙小的年紀，就善於猜測父親如何沒入那不為外人所知的世界。在突然興起的狂妄中，衝了過去，抓住了父親的雙臂，緊緊圍抱著他，不讓他離開，那就是從那時就有的念頭了，甚至會跪下來哭求父親不要再去蘇家了。甚至經常提醒著自己，催促著自己，免得太遲了，讓父親走掉了，讓父親離開了自己。母親過世以後，還有這種妄念，直到有一天，自己眞正醒過來時，父親再也不離走到蘇家，父親也過世了。直到在這公寓裡，自己往往也拉下了窗簾，在鎖著窗門的這陰暗的房間裡，才覺得當年父親在那幕帷的那邊，在那關閉的小屋內裡，或許是把世界看得最清楚的時候了，儘管那是黑暗的。

在那懶散而豐饒的時代，記得小時候自己擠在父親的沙發間，看著伯母舒卷的髮浪滿滿涌在肩頭上，第一次吃到了一生難忘的酥餅，那是熱鬧的歡宴，玻璃窗震動著開懷的笑聲，斜斜的夕照中浮著大人們盡興的歡顏，有允諾了重會的告別，而醫生家空有了一只電話，因爲其他的人沒有一家裝有這東西，如今這客廳只剩下伯母和父親。這念頭使她產生了憎恨，至少爲著母親。然而小時候自己曾經溶化在伯母的眷愛下，不只爲了那西洋酥餅，不只爲了她的艷麗，不只爲了她關注的笑靨，伯母是變了。或者她自己已經長大了，瞭解了幼小時候不能瞭解的事情。曾經來到自己的夢裡而正窺視著伯母而胸口竟跳了起來，在幾步外，不動的伯母的臉，下一個片刻便關照著耀動帶她到裡頭玩。在昏暗的樓梯口，伯母走過來牽她的手時，曳地的裙沿在夕光中發亮，那髮間的香氣。其實，這要到十年以後，才聞出了那醺人的妖氣，甚至站在暗夜的對街，只要在空氣裡深深吸吮，仍然還會吸到小時跟父親去的一天的伯母的髮香。而醫生伯伯從那縈繞在空中的馨香裡無緣無故消失了，這就是她從那時到現在一直都無法瞭解的一個結了。好像伯母的天生的艷色就是特地爲此而準備的，爲了丈夫失蹤以後，還無端地散發著那髮香的對生命的難以理解。被生命玩弄著的感覺其實早已使她早熟而習慣著把窗戶封閉起來的生活，她可以一連睡好幾天。而伯母臉上的那顆痣果眞是剋夫的嗎？而且不只剋掉一個而已。什麼時候才感到伯母的黑痣其實是楚楚可憐的，那樣孤單地掛在嘴角，也因爲有了這顆痣，她完美得令人看了肌膚凍結的臉孔才更討了人的歡心。在慵懶的靜默中就將男人一個一個送入死亡，是她至今還感到不可思議的。那是一棵玉樹，男人無法在滑潤的枝椏上棲息。即使父親死亡，有時也違背著理智而有這樣的聯想。然而這是不確的，只是父親一番心血，想到了伯母的下場，加倍感到不値而已。最後父親也背負了她的終結。至今她還是不相信父親與伯母有過關係。不過父親甘冒外人的指責，抱著一廂的情願在她那裡跑出跑進，而得到的那樣，不是令人爲他叫屈嗎？啊，父親，父親，父親，到頭來，也有讓他無以辯解的一天，那麼一輩子振振有詞到底所爲何來？是的，或許那就是和那個日本仇人相交一場的必然結果了，不，不，不能這麼想，父親不是這樣的。誰這麼說呢？這是連在地下的母親都不會這樣看父親的。那是多麼卑鄙的心靈啊。

我的父親，妳的祖父，經常感嘆他父親的那個抗日的時代已經一去不復返了。他在世時，想到上一代能夠削尖了竹竿去殺日本人的英武氣概，而他只是在家裡啐著痰暗詛著四腳仔。在法庭的旁聽席上，我雖然不能一直去正視旁聽席上的父親，但是卻可以感覺到一生最感到欣慰的父親的視線落在了周身。相信那是含著激勵的無言的話語的，不過這或許是事後回想起來，自己附加的解釋罷。七個人中雖然有幾人未成年，但是總督府以案情嚴重，決定對全部人暫免開除學籍作成年人起訴和審判。當時判刑以前，父親爲了兒子未卜的將來會有如此鎮定的鼓勵，實在也值得懷疑。不過，在眾目睽睽的法庭上，父親和兒子之間突然無隔的感觸，在外人無法覺察的安靜中，在悲傷中卻有過火花般的閃爍。後來聽說父親是拿著一把傘在法院前面的電線杆旁站了一夜的。因爲法庭開得早，倘是坐當天抵達台北的火車就太遲了，由此特別提早了一天，夜裡並沒有投宿在什麼地方，而是一個人和一把傘站了一夜。那時父親已是額上浮滿青筋的老農了。

相形之下，學監就格外顯得是自己的一個敵人了。在法庭上只感到操作的凶猛夾著粗礪的叫喊，是格外以卑鄙的凌然來對待台灣學生的。是的，學校裡不但是日本同學，甚至日本先生們也都不特地去隱瞞台灣學生無法和他們說出一口流利的日語而油然浮到臉上的輕蔑。啊，語言，台灣人一輩子的詛咒。有人被骨頭噎死，台灣人是被國語噎得連人格都無法建立，日本時代的國語，現在的北京語……。

嗯，學監在法庭上的模樣已經不甚清楚了。現在每次回想起來，總是和那月色美好的夜晚，他獨坐家中吹著長笛的孤獨遙遠的影子混在一起。在法庭上自然不再吹笛，他端坐在證人席上，紗布層層托敷著傷口而衣服顯得臃腫的上半身依然是直挺挺的，兩臂垂放在椅子的扶手上，一動也不動。那種肉身雖在此處而意識已經遠不可及的身姿，其實就是他在吹笛的樣子了。後來我年事漸長，每每回想到那一天，即便經過不斷的反芻，對他在大庭廣眾之前，那樣篤定地重複著，「我沒有，我沒有，我沒有在歸途中遇到這七個少年。」那語氣之隱晦，曲折，無以瞭解，正和他的孤傲的笛聲一般，埋藏著常人無法理喻的某物，而就藏在當時視爲大敵的那個人的身上，就是連他們自己的日本人都不瞭解了。可以想像那天的法院被他捉弄得怎麼狼狽的情形，是的，「捉弄」是第二天報紙上的用語，甚至當時在法庭上，已經有人從旁聽席上咒罵他「神經病」的騷動了。然而以爲會重新開庭的案子，就在僅僅一次不可解的鬧劇般的公開審判中不了了之。聽說在庭下，學監還是堅持他的「謊言」，而且還鎮定地表示自己的心智完全是正常而清醒的。就這樣本來是即將成爲我們七個人命運的轉捩點的，突然出現了轉機，而那厄運就轉到學監身上去了。

我們七個人都沒有坐牢，只是受到了學校開除的處分。本就以政治性的眼光在看待這個事件的官廳的猜疑自然而然地放到了學監的身上。我在宿舍裡收拾了自己的衣物，統統塞進一口皮箱，準備離開那所只差半學期就可以畢業的師範學校。我突然有了一股強烈的衝動，想再看看學監的家。我提著並不重的皮箱，緩緩走在通過教員宿舍的田邊的道路上，進入眼眶的田舍依然是幾個星期以前的景物，只是暑氣略重了些，然而自己卻感到無比的身冷，好像已經換了一個時代。走到了學監的門前，玄關的玻璃門是關閉的，就連其他的窗口也都掩閉著。一種意外不幸的塵埃中潛伏著無人過問的寂寞。你沒有停下腳步，這樣的無聲無息地閉戶或許是自己意料中的事，你不禁在探頭側望的動作中產生了激情。那白日無聲而又無人的窄巷突然看見了學監的那隻貓，在隔壁家的屋脊上懶懶地邁著疲憊的四肢。而連嬰兒的啼聲也聽不到了。

那就是學監的結局了。聽說他終於被學校解聘了。涉嫌同情台灣人是一個不小的罪名，幾乎要有思想的嫌疑了。他們帶著出生不久的嬰孩離開台灣是什麼時候，雖然當時正爲出路而傷著腦筋的自己也不時在關切中，竟也是無從探知。那一次的事件，當事的人們就像退潮上的落葉，一陣水花過後，個個都無聲無息地落在一塊濕腥陰暗的角落，而彼此也就無法再有連繫了。我們七個人各自回鄉再另謀出路，能夠重聚在一起，是光復以後的事了。現在七個人也都成年，談起以前的學監，就想起了那長笛的如鬼的聲音，七個人都承認那是自己忘不了一種人的表現，由那歌聲去瞭解他的遙遠的人格，又想到操場裡他那不留情的跋扈，而產生著矛盾的看法。就自己來說，這個人確實在記憶中印下了難以磨滅的印象，啊，惱人的影子啊，常常在努力想著他的種種不得當的做法時，竟發現自己是在做著側身傾聽的姿態，總覺得他的聲音是奇異地有了鬼般的魅力，冷笑著這世間，也隨時在俯視著這七個人的。的確，他是犧牲了自己給了我們一條出路。自然他願意看到我們每個人的後來走過來的一條路。

後來自己的一生，特別是不能入眠時，半夜在火盆上烤著身體，一邊會想起學監的為人。無意間自己遭遇到逆境時常會想到倘是他，不知會怎麼處置的非非之念，因而常在眼前出現了他生前那堂堂的相貌。總之，現在回想起當年，夜裡從他的宿舍完成了偵察的工作而撤退，穿過了蓊鬱的林叢而潛進寬朗的水田的那情景，事隔三四十年也還有如歌般的令人愉悅。從少年時代，作為一個殖民地的國民總不曾夢想過和平日子的自己，因有了和這學監產生了一段糾葛，反而偶爾享受到了須臾的和平時刻。

整個台北在談論著毆擊事件時，他們都還是師範生呢。事情發生以後，如所預料的，七個人先關進了禁閉室，餵了一個晚上的蚊子，第二天才由派出所的警察提走，接著才眞正體會了日本武士道的凶殘。那自然是，那自然是用了刑的。我們七個人分別被拷訊，首先先吊一天一夜，兩隻大拇指被麻繩綁在一起，然後吊到橫樑上，腳底只剩下大拇趾勉強可以著地，這種刑法是要消磨你的意志力的，你爲了被緊緊捆綁的拇指稍微減輕刺痛，勉強踮起了腳趾，過一陣子，你放鬆了腳趾的用力，再讓手指受苦，這樣來回更替幾次以後，上下都乏力了。這眞叫上不著天，下不著地的苦惱。日本當局怕是一個有組織的反抗運動，使得我們備受苦刑，有時候肚子灌水灌到胸口灼燒的地步，胃囊已經失去感覺了。然而意想不到的，我怎麼忍受過這般刑求的煎熬，現在已經不甚記得了。只記得彷彿是一個深夜裡，自己又被吊回去後不久陷入了價睏的半睡眠狀態時，突然夢見了母親，依稀記得是母親沒有一句話，只默默地用菜刀的刀背搗碎的菜葉的菜泥，敷在運回南部家裡的你的屍體的傷口上，一股冷索驚醒了自己的意識，恢復知覺以後才發現自己原還被吊在刑房裡，這一乍醒，也讓自己吃驚不已，雖然已經想到了死，十七歲的自己在刑房裡才認眞地問著自己這個問題，其實那夢已經爲自己做了回答。但是從那時起就不敢稍縱自己的意志，不敢去想到母親，想到父親，想到家裡的一切。直到兩個星期以後，在法院出庭時才第一次看到從南部趕來的父親。遠遠地看到了父親坐在旁聽席上，記得自己毫無在父親大人面前低頭懺悔的意思。當時我想父親是會瞭解的，一輩子只在家裡用著「四腳仔，四腳仔」詛罵著日本人的他應該引我爲傲才是。

沒想到學監會恢復得那麼快，原以爲他倘若不死也要臥榻一年半載的。兩個星期就可以上庭作證，自己是不太敢相信的。事後證諸於其他六人，大家也都懷疑是爲了要速判速解，免得影響島內的學風，早已聽說台中也有學校滋事的事件了。然而學監並沒有恢復，開庭時，他是被扶攙進來的，從他雖然努力強作硬朗的步伐難免蘭珊的動作看來，他的傷勢不輕。第一次感覺到我們七個人的刑罰和學監的傷勢成正比。這怎麼說呢？那時只覺得學監只要再稍露他的虛弱，或是在法庭上輕咳一聲，我們就不知要再坐多久的刑期。學監的入庭被我們怒目而視著。現在他是翅膀拖地，不能再啼的一隻糟公雞了，那時倘能夠一步搶過去，一棍把他揍死，我是願意的。不知怎地，在法庭上整個森然的佈置，認爲他們是代表著正義這種可笑的作法已經爲十七歲的自己所識破，由於這樣，反而覺得平日威風凜凜，今如喪家犬的模樣，就格外要加以卑視，而感到其實那天在水田裡應該是一棍就把他打死的。是的，你說得一點也不錯，殺死他一個人有什麼用處？那是毫無用處的，是的，那只是一時的洩恨而已，然而人常常就是被逼到這種無奈的地步，有時候，爲了把一隻可惱的蒼蠅打殺，竟要你害到自己也是不假思索地去做了。而且更無奈的是，當時只是一個十七歲的人啊。天啊，可憐的人啊，即使現在，我都隨時感到人的愚蠢無知，自己已經是過了六十歲的人啦。

但是出乎意料的事情發生了。那天的法庭原以爲是對我們七個少年的命運的裁決，竟成爲那學監一生的轉捩點。法庭正要以他的作證來定我們的罪時，他竟一反常理，推翻了兩個星期前在床上必然是斷斷續續向警察述說的事件的經過。那天，他在法庭上只是直挺挺地坐著，隨時低著他的頭。他在證人席上的第一句話就是：「這是我跌傷的。」整個法庭愣住了，法官錯愕之餘，以爲自己聽錯了，就要他再說一遍，於是學監突然恢復了他平日的堂堂然的氣概，儘量動著他兩排牙齒都被打落的嘴巴慢慢地重複了一遍他的證詞，接著他說：「我沒有受到圍毆，站在這裡的這七個少年，除了在學校裡之外，從沒有遇見過。」整個法庭譁然了，以為學監是傷重得神智不清了。連我們七個人都愕然了。「那麼倘是自己跌傷，怎麼會跌得這麼重，跌成這副重傷的模樣？」庭上的法官冷冷地逼問著他，於是學監只又慢慢地抬起他的頭，「我沒有被圍毆，在我回家的途中，我從未遇過這七個人。」又是一陣譁然，有人在旁聽席上哈哈大笑起來，法官捶著槌子，憤怒了，不得要領就宣告結束。

已經是四十多年前的事了。初夏的傍晚我們經常穿過那一叢林地，到他家去查看，研究著下手的地方。為了這，我們已經調查了幾個月，暗中尾隨著學監回家不知有多少次了。那是一排低矮的日本房子，周圍都是安靜的教員宿舍，因此這件事就更加難辦。除了提防學監本人的注意之外，也要留心其他出入的教師們。為了想徹底瞭解一下學監的全日作息，我們甚至夜晚也會從宿舍溜出來而在他家的矮牆外走動，越過了那段牆垣，看到了他的太太，下課以後的學監似乎是個沉默的人，我們甚至觀察到他們兩個人共進晚餐的情形。圍坐在矮几上默默進食的這一對夫婦卻格外有了一種光輝為我們所吸引，然而當時一心一意想制裁他的念頭把這一層考慮掩閉了。況且我們都還是不懂事的少年，對夫妻營造的家庭生活是自己到了中年以後才注意到的，也就從那時候開始才回想到當時在黑暗中窺到的一些學監生活的片段，不時產生了嚮往的遐思。星期天，偶爾看到他們兩個人一起去買菜，夏日的黃昏也看過他們散步在田埂上，這時兩人似乎並不交談，先生無非就是雙手插進把寬鬆的日本衣裳緊緊圍起來的腰帶裡，欣賞水田遠處的落日，妻子是安安靜靜地跟隨在身邊，似乎是個幸福的家庭。學監調到學校當學監以前，聽說是個相當稱職的刑警。在當時殖民地的台灣，做一名稱職的刑警，你可以想像會是怎麼樣的一個人。也就是由於他在警界的稱職才會調到年年滋事的師範學校來罷。他來到學校的兩年間，學校果然太平無事。第一次出現在學校操場的木台上由校長介紹時，那武人的氣概是十足表現了的。隨後注意到的是滾圓粗壯的十指經常在急躁中抖動著，似乎因為抓不到什麼東西而焦躁著，這在後來的木劍課中就可以一目了然了，當那十指握住了劍把時，因滿握而安定下來的手指是緊緊吸吮住了木手把，經由了十指一下子木劍和身體就溶成了一體。

在操練時，你暗中欽羨著那矯健的身軀，揮劍的節奏看來不是修煉的功夫，而是遵循著他身體內在某種意志而發出的，然而在夜間那手指握著長笛時，卻也能吹出幽靜的歌曲，我們在黑巷中安靜了下來。感覺到那是難抑的一股思鄉借著笛聲無奈地打發著，而構成了一個優美的夏日的夜晚。我們從樹叢撤退在田埂疾走時，猶然能聽到那枯蒼的低鬱的日本調子。倘若不知吹笛人的話，只聽著歌聲，只怕要把他想像成一個枯瘦的老翁。然而看到第二天騎著鐵馬從田道中奔馳而來的雄姿，你幾乎不能相信夜間聽到的是他的手指揑弄而吹出的音樂了。若我們當時沒有制裁這個人的念頭，也就不會暗中在他家四周觀察而得知此人生活中的另一面，那麼在學校映入我們眼裡的姿影就成爲我們一直留存到死的對那人的評斷，這種看法自然就極爲膚淺而錯誤的了。什麼時候開始在迴蕩在風雨操場的鐵樑上的操劍喝喊裡，驟然聽到了充滿家庭溫熱的飽滿的回應。當他在法庭上推翻了自己的說法時，他抿口靜坐的神志，把整個法庭弄得一時沸騰著驚訝之聲，而你可以說詫異之外，似乎又覺得那臉色並不爲你所不瞭解。夜裡在田埂來來回回奔走，那悠悠的笛聲早已是一種消息，其實你早已聽進去了。啊，這種後知之明的說法毋寧是無稽之談，那時到底還是埋伏了他……。當時圍堵他時，心裡卻只感到他曾經是有名的刑警而加倍用力揮舞著手中的棍棒，笛聲是後來才在自己的耳邊絮繞起來的。

早已是不知多少年以後的事了。尤其是後來自己成了家以後，冬天的夜裡無法入眠而一個人又爬起床來，就著火缽把餘燼重新點燃時，就會記起那赤崗的壯年時代的家庭生活來。記得有一個雨夜，他照例吹著他的長笛，或許由於落雨的關係，那次只覺得他是吹著一首悠揚的曲子，似乎要用自己的歌曲壓過淅瀝的雨聲。那次照例可以感到——雖然是另一種曲調——他內心的複雜，而你至今不知道這種內心的生活，他的妻子到底有多少參與。記得那次，當他吹到將近終了時，他的妻照例端上了圓形的茶盤從裡室走了進來，茶盤上總是兩杯茶，想必是她陪著夫君潤喉，也爲自己準備了一杯的罷，然而每次長笛吹罷，兩人對坐喝茶時，從牆外總無法感覺到他們兩個人是在談話，那一天也不例外。雨停了，簷漏打在芭蕉葉上，格外令人感到屋裡屋外的闃無聲息。後來你每次想到這個晚上，你就覺得那家庭生活的荒謬。啊，是的，我才說過他們是個幸福的家庭，然而……這個赤崗陽之助卻過著雙重的生活啊。這就是由於自己的寂寞而常常想到他的緣故罷，白天是刑警似的生活，夜裡他也同樣稱職地做著丈夫。唯其如此，才在他的幸福中窺得他的荒誕也說不定呢。

從那一年夏天，每當行將下沉的暮色籠罩後院，她們就把晚餐移到戶外。她們一直聊到天亮，感到空氣裡黏濕的氣流緊緊貼著她們都突然覺得早已乾枯了的身體，知道現在只有借著自己有過的那短暫而又無法捕捉的一段戀情告訴對方來澆灑自己。她們已經到了可以擔承地描述著自己的身體——那年她被他擁在身裡的身體——而不感到害臊，好像那身體早已不屬於自己，而戀情也是一去不復來了。於是在悶熱的夏夜，她們無休無止地談著，直到彷彿又浸入了曾經有過的或是一向期待而不曾有過的酩酊。

他在巷口大聲喊叫起來。我回過頭來，遠遠看著他。他就站在T字路的交口，一動也不動。他沒有走上來的樣子，我也愣在原地上。我奇異之外，開始有點懼怕。整個晚上我也感染了他的熱病般奔馳的心思。我不能瞭解他難以抑制的騷動不寧到底是什麼，到底是爲了什麼。當他抓住我的手臂抓到我喊痛時，他才鬆了手，才醒回到現實來似的。

很難相信，一個人在某時某刻，在某個地方，突然被一種無法瞭解的什麼緊緊抓住了，而你也甘心被抓住。在恐懼中也有刺激的震撼。亞樹使我對自己當時已經活了二十歲的生活有了模糊的恐懼和迷醉，但是那到底是什麼，現在我也說不上來了。就拿那一夜說罷，我站在黑暗的無人的巷子裡，突然一陣沉酣，只期望著他的喊叫再大聲些，再長久些，我突然變得很貪心，想無休無止地聽著他的喊聲。

我可以感覺到在那令人恐懼的喊叫中，我已經和他結合在一起。他的叫聲緊緊攫住了我。已經快到了家門口了，我終於在他的聲音裡，瞭解到自己的不幸，家庭的不幸，在這個城市的不快樂。混亂散佈在黑巷裡，散佈在剛剛走回來的每條路上。突然感到人間的荒僻。她突然瞭解了爲什麼他總想離群索居。「有一天，我會離開，我要離開這城市，到很遠的地方去看一看。」生活的壯麗攫據了他遙遠的目光。現在想到那一個晚上喧騰到星空的喊叫，有如曠空的回聲，魂不附體的沉醉是在那一次親身感受到的。那段時間，我整個人很迷信，我被飄蕩在空中的那叫喊而感動，也被無以捕捉的一種念頭所懾服。

妳以爲亞樹睡了一個足覺，人清醒了，變好了起來。以爲那奇怪的念頭已經煙消雲散，突然有了嬰孩般的笑容。其實那古怪的念頭無非變成更爲巧妙而不可測知而已，念頭再出現時，只是更其猛烈而已。他從來沒想過掩飾眞情，然而妳也難以理解他。第一次出現妳的眼前，其實就有這種感覺了。在英教授臨終的床前，他站得比即將成爲死者的教授更爲神祕，更爲接近那一頭，那是事後哲學系的一些同事戲稱的，亞樹站得比誰都接近「彼岸」。「那是什麼意思？」詠月問。那是死的意思。二十幾歲的他，身子被背後的窗暉映出陰沉的黑影，不動如大理石般的冰冷，令人感到他比病床上的人更接近死亡。妳感到他比誰都瞭解人間世，這也是那一天，當一些學生圍住病床旁邊，擔憂著英教授從昨夜昏迷不醒以來快要一整天了，大家無言地坐著時，突然一個少女，制服顯示出是個中學生，哭得像淚人兒似地衝進來，撲到床上就緊緊抱住了教授，一邊哭叫著。大家愣住了，被這無端闖進來的陌生的女學生驚人的舉止駭住了，下一個時刻，當大家猛醒過來時，就想去拉開那少女。然而一直站在床頭一動也不動彷彿獨自陷入沉思的亞樹的影子只舉了一下手，意思是說，不要去拉開。就讓她哭個夠，於是大家又落回自己的座位，只看著那美麗的少女哭著緊緊抱著昏睡不動滿頭白髮的教授。居然沒有被那少女的哭喊擾亂的病人，反而是在少女的臂彎裡醒了過來，雖然教授就在那天的深夜過世，而且醒過來以後就一直清醒著。

亞樹對人間的另一面的瞭解是驚人的，後來知道雖然長著一個高大的身體，卻是舉止反而有點笨拙的。他不會跳舞，不喜歡往西門町去，也不喜歡郊遊，任何大學生喜歡的團體活動一概看不到他。二十幾歲的人就瞭解死亡是有它的道理的，「從小就熟悉了死亡，」他笑著說，「我家裡死過三個叔叔。」認識他以後，他對自己這麼說。

一天，已經半夜三點鐘，我送亞樹走出巷口。父親並沒有上床，講了一夜之後，他的心情已經一時難以穩定。我送亞樹出門時，父親只坐在椅子上，直挺挺地坐著，除了手上新點的一根菸在昏暗的角落還明滅著火點之外，身上的一切都不動了。身影和黑暗混合起來，那是父親在休息。他的神經還是昂奮的，這就要等到快天亮時才可能上床入睡。這些天來都是這樣的。亞樹也是一樣，走在身邊突然不說話了，好像全身還貫注在剛剛和父親的談話裡。然而還沒出巷口，他就突然搶了幾步，疾走到水溝旁邊，彎下身來一聲嘔吐，就把那天晚上吃的統統吐在溝裡，借水溝裡的月光可以看到亞樹的一雙眼直溜溜地不知瞪著什麼，心思跑到不可知的地方。不過，這是經過了這些年才這麼說的，當時並不理解，只記得自己也在溝邊彎了下來，一心只怕他晚飯吃壞了。飯是我煮的，想不通到底是什麼東西……。那時其實是不懂事的。

那是父親的話，讓他嘔了出來。現在我終於懂了。他們兩人就是這樣的人。只可惜那天晚上她沒有專心聽他們兩人說什麼，只顧忙著自己手上的事，因此到今天也還不知道到底是什麼話，什麼事情，讓亞樹想了以後，實在無法忍受而翻胃了。

「世間有這樣沉重的話嗎？我倒想聽聽。」

「他們兩人之間也許是有的。」

「可惜，我這一輩子想是聽不到了，我眞後悔那天沒好好坐下來聽。」她沉默下來。

「那麼後來妳爲什麼不問亞樹呢？」

「那時我哪懂得，我不是說我還以爲他吃壞了。」

「那麼……」

「十多年了，……其實我並沒有認眞地一直在想這件事，只是現在，詠月，說來妳也許不信，是現在，就在此刻，我突然瞭解到十多年前的是父親的一番話，而不是我的飯菜，讓亞樹嘔吐了。」

「而亞樹後來從來沒跟妳提起嗎？」

「沒有。」

「爲什麼呢？」

「也許我從來就沒瞭解過他。直到現在，我也許還沒有眞正瞭解過他這個人。老天爺幾天前又安排了一次和他見面的機會。」

「但是妳跟他這麼久，」詠月知道自己這句話不妥，再說，「或許有些人就是這樣難以瞭解的。」

「或許正因爲這樣，我才會想著他。」

「這一點我瞭解。」詠月微笑了起來，「這次來也沒有提起？」

「沒有，這是我現在才突然想起來的。」

「那麼妳爲什麼以爲那是那天晚上妳父親的一番話？」

「也許不應該只說是父親的一番話，亞樹也會抓著父親的話頭，逼著父親，只不過他聽的時候多，應該說他們彼此談著的一番話吧。」

「既然妳那天晚上沒有在旁邊……」

「但是我在旁邊走動，知道他們談得激動，經妳這一問，我倒記起來，過了午夜以後，有時他們是無言的，各自想著什麼，然後亞樹動了動，打破了他們相對靜坐的僵持——他們經常僵持在那兒——然後稍微把上半身傾到父親的面前，小心地把夾在父親指間的菸頭拿掉，那已經不算是完整的一截菸蒂，已經快要全部燒成灰了，看亞樹拿著它，急急放到桌上的菸灰碟裡就可以知道，它灼燒了亞樹的指尖。然而父親當時卻毫無感覺。我也詫異了。

「老皮了，沒有什麼感覺了，父親笑著說，好像才從什麼地方醒過來似的。記得那次談話以後，亞樹就沒有再來家裡，而父親也在幾天以後去世了。」

「妳覺得那次的談話和妳父親的死有關嗎？」

「我不清楚。我不能這樣說。但是覺得最後的幾天突然一件一件的事情爆發了，當時應接不暇，我完全亂了。亞樹的嘔吐，接著回家和他自己父親的爭吵，以至於他父親的腦溢血死亡，亞樹的服役，在車站的事件，過兩天就是自己父親的過去，即使現在想起來，我還是會全身的皮都緊起來……」

「最後的這幾天……」

「算起來是六天的時間。」

「最後的這六天，現在就一件一件把它理清楚，一直苦惱妳的問題或許可以得到答案。」

「我也這麼想過，不過……」

「我來幫妳理理看。」

「沒有用的，沒有用的。」

「妳是說，亞樹……」

就這樣，詠月反倒提起了興致，而倚虹呢，她則看到了日後將成爲她經常想到的如夢般的景象：父親和亞樹談到後來，父親從桌旁突然站了起來，那流著眼淚的臉舉得高高的，跳上了腳踏車就飛馳而去，從小就看慣了父親出門的自己，現在看到的是父親的腳踏車飛在空中……。許多事情她是不解的，但那飛馳而去的昂然經常會引發她熱烈的期待，即使和母親吵得最厲害的那段時間。父親向著蘇家奔去的騎在車上的背影，如今也知道那是一種令她高昂的圖景。

她是靠這記憶裡的幾個影子在過活的人，那天她突然這樣對牧師提及。眞是太好了，眞是太好了，太妙了，牧師連連這樣說，反而令她詫異了。在她的記憶中，然而父親飛奔的腳踏車將前去的地方並不是蘇家，而是在遠處的母親。母親過世以後的幾年中，好像隨著肉身的離去，在家裡早已沒有了一點遺憾，不錯，後廳的牆上掛著母親的遺像，不過那已經成爲一種裝飾，成爲了牆壁的一部分。父親從此再沒有提起過母親，然而奇怪的是那景象，父親終於要去的地方畢竟是母親那裡，母親常在下午的斜陽中坐在矮凳上的影子。

我愛過他嗎？這一問倒提醒了我。其實我沒想過這個問題，因爲他的影子一直在我身邊。當然我愛他。但是我們在一起的時候太短了。我想著妳在亞利桑那的那一個夏天，你們有過整整一個夏天，而我沒有，他總是離得遠遠的。每次他一走，我都不曉得明天會不會回來。他那漂浮不定的影子，一出現就令人觸目驚心。我留不了他。他的心思也不在這裡。父親瞭解他。我是努力在瞭解他，即使是現在，也還隨時在瞭解他。我們談得很多，想起來其實並不多。父親和他倒談得多。「妳愛妳的父親嗎？」第一次談起父親時，他這樣問我，奇怪的聲音呢，眼神也是奇怪的。我當然愛我的父親，我跟他說。他瞇笑起來，沒有說什麼，好像一個人想遠了。我是努力在瞭解他的。我不明白爲什麼父親從窗口望出去，第一次看到他的影子映在我們家的磚牆上，就喜歡了他。我還替他擔了心的。那一個晚上，他的心神很不寧，他總是心神不寧。那一天坐在父親面前時，好像剛從很遠的地方過來似的，頭髮全汗濕了，臉發著燒。然而父親似乎瞭解了那種奔馳的心思。深夜走後，父親的第一句話，就是「那麼，這就是哲學青年了。」這是對她說的，也是對自己說的，倒是說了就若有所思起來。

他討厭旅行，但是他到處跑，「只想離開台北而已。」其實沒有一個地方可以讓他安安靜靜待上一段時間。然而父親的死，或許就是他們談得太多的緣故。

不，不，不是這麼說，我只是那時有那種感覺。因爲在父親死前的那幾天，亞樹每晚在我家留到深夜，有時我先去睡了，也不知道亞樹是什麼時候走的。然而突然父親沉默了，好像想到了什麼，包裹在自己的記憶裡面，我現在想起來，父親沒有再出來就死了。我是說從他的記憶裡踏出來，沒有，他沒有。

但是，我也感謝亞樹，因爲他的到來，也因爲他和父親的投緣，父親才講出了他的身世。或許家裡缺少男孩子罷，父親在和母親和我生活的時候，對自己的事是極少開口的。只是每次當我在翻著照像簿時，父親如果在身旁，就會插上一兩句話，說著照片裡的人。關於父親和母親的往事，自己知道得不多，只是他們兩人吵架以後，母親在背後數說著父親的種種不是時，你才對他們的過去有了些支離破碎的瞭解，其實那時自己也太年輕，對家庭的往事，不但沒有好奇，反而是厭倦著的。尤其是雙親吵架以後，你是更想把那糾纏不清的污濁全部拋到腦後……直到亞樹的到來。不知怎的，父親一見亞樹就有一肚子說不盡的話，好像一輩子藏在心裡的東西就是專爲了等到亞樹才掏給他的。

那時父親的補習班已經名存實亡了。桌椅還照舊擺著，門外的補習班大招牌照舊掛著，然而已經沒有人來了。每天天慢慢黑下來，父親就興奮地等著亞樹，有時他就來一起吃晚飯。現在想起來，那是我和亞樹見面最多的一段日子，或是最安靜的一些時日，儘管亞樹和父親在一起的時間比和我在一起的遠要多多。現在回想起來，父親彷彿是一個病人每晚等著醫生的到來那樣的急躁，等到醫生終於出現在自己眼前了，才綻出了心安的笑容。是的，我想父親是個病人，只是自己恍然無知而已，只想著：父親或許是爲了湊合她的婚事而在努力。現在已經過去十幾年了，我慢慢地現在不這麼想了。父親是爲了他自己，這並不是說父親是自私的，不是的，那時，父親已瀕臨他生命的最後時光，這樣做倒是更合理的，而就靠著這個機會，我才瞭解了一些家事，瞭解父親。

在二二八事變時還是小孩子的那一代，現在已經慢慢成人了。他們從小就在街上窺覦著那棟已經帶著不可親近的，受詛而又峻然峙立的老磚房。他們隨著屋裡那女人身上不斷產生的新的故事一起長大。曾經是非常新派的磚房，在戰後的歲月裡無形中已經變得非常古老了，樓面雕飾的洛可可風成爲累贅。太平町一帶的房子，和你家的恐怕沒有什麼兩樣，記得重再打開了大門以後，設在樓下的診所開始發散著藥水和消毒劑混雜的氣味。你穿過光線暗淡的甬道，踏上設在後廳的樓梯爬上二樓，好似穿過陰濕而泥腥的防空壕，當你爬完了最後的石階而踏進樓上的大客廳時，你是走進了更加鬱沉而沒有光亮的所在。客廳的佈置一如戰前，那也是年輕時代經常出入的一個地方。穿了紅條鑲飾布套的沙發依然圍著桃花心木的矮茶几。曾經坐談歡笑的情景彷彿才是昨日，而廳裡已經滿是灰塵以及因失去了人氣而長出來的一股房子特有的嗆味。即使我自己還經常在屋裡出出進進，卻是抵擋不住房屋的頹敗。

面對著街面的三面大玻璃窗，當年垂簾初裝，拉開的厚重的幕布由纓穗繩扣繫在窗緣，陽光徐徐由外流瀉而入的午後閑適的聚談，是醫生剛剛開業的蒸蒸氣象，現在幕帷緊垂，把陽光全部擋在了街外。在那從細縫裡躦進來的依稀光線中，可以看到塵灰在窒悶的空中懶洋洋地揚起又落下，接著便聞到幽暗中慢慢濃烈的霉濕。然而這一切抵擋不住正是年輕的女主人。剛剛成長的第二代眩惑於廢屋裡竟然關閉著那樣艷麗而冷漠的女人。是的，蘇醫生娶到她時，她家裡不是不願意——金瓜石的蘇家是不容易推拒的——而是想再推幾年，女孩子的臉雖已明亮綻放，畢竟年紀還太嫩。當年在蘇家出進時，雖已是爲人妻，只是在我們的心目中到底還是一個明艷的小妹妹。可以說她是在丈夫失蹤，屍骨不知下落的悲哀中才慢慢成長爲一個女人的。年輕的一代遠遠地看到她邁出大門時，他們都會屏氣靜息，驚訝於她的沉默中發散的綽約，人們從街上經過，總要抬頭望向那依然被窗帷掩蔽的屋裡透出的一點燈光，希望捕捉到她的影子。客廳的燈光隨著年月的過世漸漸延長了燃燒的時間，經常與她做伴的人就是我啦。這是我開始對不起她的時候。那「對不起」並不是當時的感覺，自己因了曾經是亡夫的朋友而爲她接納，其實我就是佔了這點便宜。而且也利用了它。我是瘋狂了。我還記得出門是怎地狠狠甩開已經放棄了自尊而緊緊抓著我衣角的妻子，懇求我不再去蘇家的那雙因長久哭泣而變得顫抖的手。倚虹的媽一長段時間臥病不起，那是我在蘇家出入得最勤的時候。妻的臥病省去了不少麻煩。你相不相信，或許我說出來，你會鄙視我——但也是應該的，我不妨說出來，讓你聽聽——我是暗中希望她——自己的妻子——能夠從此一病不起，不再離開那病床，我暗中希望她死，我是冷冷地看著地上的水溝這樣說著，其實在她病以前，早就暗暗希望著這件事了。即使初婚不久，兩人還溫愛著的時間，也偶然想到如果她被車子壓死了……而感到莫名的興奮。後來，我把補習班賺來的大把大把的錢往蘇家送，這是傷了自己的妻子的心了。你希望的死亡，其實早已種植到她的身心裡去了。我眼裡看不到自己的妻子在死去，只被燦爛奪目的一片光亮所吸引。如果那時倚虹已經懂事的話，她一定要詛咒這個父親的。那時那女人才剛滿三十歲，那是令人疼惜的年齡，而自己已經將近五十了。每每奪門而出的動作連我自己都詫異了。妻子已經臥倒在病榻上，女兒還小，誰來阻擋你呢，「一定有鬼」偶爾自己想到了，也在腦裡轉了一轉，然而其實什麼念頭也沒有的。每天醒來，只是想著要去那邊看看。我厭倦了正常的陽光，覺得它是虛僞的，只有塵埃迴旋，濕霉瀰漫的那棟黑房子，才是事變以後，人該去的地方。

年輕人突然覺得自己的身體在膨脹，一陣陣熱流穿梭在他的周身，焦灼的嘴唇顫抖著，好像從一場夢中驚醒了一般。「這孩子……」老人感動了。他很願意把自己的心剖給這年輕人看，但此刻他卻一動也不動，也不說一句話。其實他知道正在自剖的是這孩子，雖然談的是他自己的往事。

「噢，男人都是色鬼，我也不曾裝得像聖人般……」老人這樣說的時候，一方面是實話，另一方面是有了一個心胸正在燒灼的同類的人在自己的眼前，反而說著連自己也不曾仔細想過的事情；老人也有點把持不穩了。亡友的妻子還年輕，唯其發生了這樣的事情，一個年輕的未亡人在外人面前必然是出落得更加令人疼惜的，何況畢竟還是一個美人呢。那時我三天兩頭往她家裡跑，究竟抱了怎樣複雜的心思，實在是一言難盡。同情，周濟，照顧亡友的家，懷著自己的懺念，這些，我知道都是實實在在的，然而你難道不以爲我也是很本性地想去接近那美色嗎？你如今也已是成年人了，當事情慢慢過去，醫生的家也漸漸恢復了平日的生活時，你眞會相信我不曾有過一刻一瞬想到那女人的身體嗎？年輕人落入了沉默。

「這個問題如今放在我這個老人身上已經沒有多大意義了，由你來回答才有意義的問題，或許就是你的問題。」年輕人一時不知所措。而且，倚虹的媽跟我吵得很厲害，這個家從那時就已經算是破碎了。倚虹是在沒有父母的愛中長大的。白天我在醫生家的時候比在自己的家多得多。我有意疏遠倚虹的媽。而在這時，醫生美麗的亡妻懷孕了。當肚子一天一天大起來時，大家才第一次看見了一個堅持的女性。她沒有在世間的面前低頭，沒有絲毫感到羞愧，她堂堂地挺著肚子走出自己的家門，世間是怎麼看她呢？和人通姦的女人，不守婦道的女人，看她那顆痣，那就是了。甚至有一段時間，她的家門都蒙著灰塵，一副敗落的景象，蘇外科醫院的牌子一直還掛在門外，然而附近的人都知道那是沒有醫生的醫院，早已不開業了，然而在那蒙塵的門窗緊緊關閉的背後，一檔不可告人的醜事正在進行。而從醫院關閉以後，大門就不再開了。我到她家也是沿著一條小溝，像收買鴨毛的人，挨著人家的後牆，一步一步走到她的家，然後從後門進去。那段時間她是足不出戶的，所有的採買自然都是我包辦。

幾年以後，當她打開了大門出現在延平北路的亭仔腳時，已經施了薄薄的一層脂粉。鄰人都訝然了，好像是墳墓裡走出來的一個人，她的妖性在大家的眼裡更加無可抹去了。她還年輕，結過婚的剛滿三十的女人，丈夫亡故之後又點起了胭脂，在人家的心目中是怎麼一個不再能守寡的婦人，他們看來，她的緊貼身的旗袍已經包不住她心裡的一團火了。

她有著一頭比人家更精細的頭髮，慢慢把它留長了。在陽光中泛著一團火般的褐色，然而她在家裡一直紀念著亡夫，後廳的飯桌前懸掛著他的遺像，每年拭擦著那塊地方，也隨時叮囑著自己的大兒子認識已故的父親。

她成爲台北最著名的一條街的恥辱，對她丈夫死於二二八得來的同情如今已經被她破壞得蕩然無存了。人家編造著離奇的故事，由於對她的不滿而加諸於她的亡夫的英勇事蹟層出不窮；他不但是個神醫，而且在二二八時死得夠冤夠慘的，說他醫治病人之前先考病人會不會說台灣話，這是晚輩的揑造，自不必認眞對待。

第一次出現時，戰前的古色古香的旗袍，因歲月而略略退了色的花樣娟秀的絨料，從長年暗淡的屋裡出現了。大家也看到有男人開始從大門出進，那就是我。我和她坐著三輪車，也曾經被旁人暗中指指點點過。我那時是毫無顧忌地和她走在一起，也難怪倚虹的媽那樣的吵鬧。

「我相信你沒有對不起這個家。」亞樹說。

在微弱的燈光下，倚虹的父親抬起頭來，一言不發地瞪著對面的年輕人，兩片削得薄薄的嘴唇抿得緊緊的，這或許是他認爲最誠懇的回答，也是對晚輩的最知心的交流了。他的臉很清瘦，老年的額頭發出一層油光，顴骨凸出來，臉皮張得很緊。他的身體並不高壯，然而充滿了力的賁張，即使在這將近六十五歲的人來說，也是令人驚奇的，或許因此他並不顯得老。年輕時代在水田毆打的剽悍依然可以從他的粗大的腕骨和指節看得出來。其實他的整個身體比年齡要年輕得多，尤其是那斑白的壽眉底下藏在眼窩裡的逼人的黑瞳，更令人感到那從青年時代一氣貫穿過來的充滿了疑慮，尋索，質問到底的憤慨。只有他的頭髮稀疏了，花白了，而他的尖挺的鼻樑和冷酷的薄唇，常常使亞樹感到他的做人最重要的不是爲人之父，也不是爲人之夫，而是另一種心思攫取了他。這就是走到他的面前，常常讓亞樹這涉世未深的心悚悚地奔跳起來的原因。

「妳父親愛妳嗎？」

「他是一個好父親。」倚虹會毫不遲疑地這樣回答。

當亞樹對這位長者說，他由衷地相信他沒有隱瞞過這個家而在外做出了什麼令人不齒的行爲時，他才奇異地感覺到，本來對著這位長者說的話，其實是自己的一番剖白。當他問她：「妳愛妳的父親嗎？」其實是他在問他自己。

老人尋索的瞪視對他是一種鼓舞。現在兩個人在那女人的遺像下一時無言地相對著，亞樹低著頭說，「這是我很早就相信的。」而他接受老人的滾圓的眼珠的直瞪如往事的甦醒，從瞳仁深處的那道依稀的光卻在反問：「是可能的嗎？這是眞情嗎？」老人的意思是說，這是連頭上的那個女人生前卻不信，現在必然也是不信的。而你這麼一個未知世事，也未知這個家的少年家竟會相信，這是怎麼個說法。他沒有懷疑眼前這個青年人的眞心，他只是奇怪，甚至感到第一次看到他時就有的直覺是不錯的，這是一個必然也將痛苦一生的人。然而這只是存在他心底的一些想法，特別是此刻，他不想把它揭露出來，反而是更加冷峻地對待著他。「或許那是毫無根由的一番好意罷了，其實跟事實是毫無相干的。」老人有意進一步，試著想去推翻年輕人的話，一霎時默然了。這時老人自己開始遊到不爲外人所知的世界裡去了。而他，亞樹，一個對自己的父親恨了半輩子的人，果眞能瞭解其實與自己的生父並無多大差別的另一個拘世的老人？爲了老人的一句話好似冷水潑過來，不但不領情反而有意挖苦而感到一時的動搖，年輕人的自尊心受到了損傷，幸好借著薄暗掩飾了自己漲紅的羞惱的臉色。

「我是相信的。」

在亞樹這一邊，當他再重複著同樣的話時，並不是拙于言辭，毋寧是一種由衷的流露，話說得自然而不勉強。這句話一說出口，亞樹在老人面前坐得很端正了，這是不但相信了老人，而且也相信了自己，這時他想到的是自己的父親，想到了也應該像此刻這般，充滿了飽滿的心意去接近自己的父親。突然他好像變成了另一個人似的，感到了興奮。以往自己的狹窄的識見竟這樣侵擾著自己。

一生默默辛苦結束了自己生命的一位女性，或許就是使他心胸爲之開拓的契機。在他決定了應該改變方式來對待自己父親的同時，他面前這位倚虹的父親就更加成爲他突然走進一個嶄新世界的橋樑和見證了。

「但是世間的人是不同意你的話的。」老人說。

「你呢？」這是亞樹新來的勇氣，同樣是自然的，沒有一點勉強的聲調，他擁有了正義。他等待著老人的回答。時光的分秒在流逝。他們這一老一少形成了一個對峙的局面，老人懷疑了他的信心，而他逼迫著老人，是的，終於逼到了牆角，亞樹的血脈涌漲起來，而感到全身的酩酊。這時他覺得這個屋角形成了一個廣闊無比的光亮的世界，而他和老人和老人的亡妻無形地會聚在了一起，彼此有了對話。是的，亞樹訴諸老人，毋寧是更訴之於牆壁上的那張遺像的。

「我是無論怎麼說都已經是太晚了。因此我的話早已變得毫無意義。」

「我知道對生前的伯母已經有了交代。」

「過分煩囂的交代。那是我抱憾的，我……太倔強，太不近人情……」

亞樹的影子在他的眼前跳動。他單獨一人時，這影子就來到了他的面前。親切而又遙遠，撩撥著他的記憶。那是從屋裡穿過了窗口的鐵欄第一次看到一個黑影子跳上了圍牆，他沒有把這件事說出來，他只是默默地重複看著這個黑影子跳上來，在他的眼前。一次又一次，終而每天無事的時候，就以此來自娛。那影子預示著他自己的死亡，那影子讓他感到了溫暖。因爲影子是年輕的，又是似曾相識的。想到自己的十七歲。是的，直到幾個月以後在他將死的片刻，他才恍悟那是他這一生一個不可抹滅的，無法改變的一年，那是他在水田的毆打中其實已經開始塑造了他的一生的一年。生命何其短暫，生命又何其單純。一個不經意的落在身上的印子竟跟了他一輩子。他一點也沒有懊悔，其實他是默默自豪著的。倘是沒有水田的事件，他不知將是如何度過這一生呢。那是第一個腳印，使他走著這自覺的一生。而從那牆上的影子，他彷彿又看到了這種生活將再在他的身後持續下去的一條軌跡。亞樹，這個青年，是怎麼送到了他的跟前來的。他是他的兒子。不是的，他是他的女婿，也還不是的，他只是自己的女兒認識的一個男子。

在自己垂暮之年，這個青年出現在他的眼前，這是一生中的至福，他常常這麼想。然而這也是預示著自己的死亡？也許。只是他不能想像十年以後，當他自己已經埋骨深土，在人間的另一個邊陲，在美國新英格蘭的一個小鎮，當皚雪紛飛的深冬，兩個青年，亞樹和自己的女兒，會徹夜不眠地追溯著自己的死因，而感到無法解開的一團糾結，在他們各自的生活中橫梗著。也是一個黑影子，出沒在他們的眼前。也將隨伴著他們一生。

你要在這無罪的年輕人身上尋找報復嗎？

然而赤阪的來信寫著，「這還是我一生中唯一可以支撐自己生活下去的一點逸事，就像一直放在口袋裡的一顆糖果，對還沒有下課的學童是一種欣悅的引誘，讓他們快快樂樂地去迎接上課。自己對當時在法院的作爲已漸淡忘，直到由你一點一滴的提示，早年的生活才又鮮明了起來。」每次讀到這裡，那師範時代留著三分髮的一種粗獷而又微妙，樂觀而又憂傷的屬於日本農民的一種複雜的表情就會浮現到眼前。

是的，你們七個搗蛋的學生，我都記得。突然出現在田埂上堵住了我歸路的七個影子，我記得的，是的。還有七個嫌疑犯被押到法庭時的情景，你們七顆被剃得溜光的頭顱由法庭的玻璃窗的光線而反輝。你問我爲什麼當時突然把全部的事實都推翻，而有了那驚動台灣新聞界的舉止，這些年來我也努力在回想著這事。至今，我還是自覺當時並沒有做錯。雖然我冒犯了我的民族，引起了總督府的注意和後來的監視。我知道自己肩上「同情台灣人」的罪名的後果，日後將惹來的麻煩，自己的出路，家庭的處境，尤其是自己的妻，那樣不辭辛勞地和自己無怨的相處，我是會對不起她的。即便在平日，也常常想到妻原是可以找到比自己更好的人去隨伴的，比自己更好的人放眼皆是，而她竟默默地跟了你，這本就值得感謝的。我不特是爲自己而說，我是爲所有的男人而說，難道你不認爲人世間比自己優秀的男人到處都有嗎？那麼你的妻爲什麼就得跟著你過一輩子呢？我知道我在法庭上那樣做，無辜受傷害的是自己的妻，其實這些在當時不是沒有想過，只是一種影子佔據了自己的思索。那是我青年時代死於德意志的表哥的影子突然在法庭的場合出現了。

表哥死時自己是你們當時在師範的年齡。死前在遨遊歐羅巴時曾經寄給我一封長信和一張他的照片。照片裡的俊美的理想主義青年的影子深深印在我的腦裡。「亞細亞的憂鬱是整體性的。」記得他在信裡這樣說，其實在出國以前，他早就是一個苦悶的哲學青年了，少年的自己也經常聽到他的同樣的話。只是遊歷了文化昌明的歐羅巴之後，更加堅定了他的信念，信中下筆的語氣更加勇往而已，「我們不只缺少科學知識而已，我們更缺乏的是一種開明的人文思想，」例如他曾這麼說，「我們從漢民族那裡學來的一套不謂不精深，然而我總以爲西方有一個流血的耶穌所造就的宗教精神比較有人間世的可能性，無論如何，我們要學習歐羅巴精神還需身上帶有加倍的狂氣才能及於萬一。」這狂氣在他生前的最後一張寄照中是表露無疑了。「我雖有貓樣的眼力，可以洞視自己民族的弱性，卻已經失去了貓的活力，這一未盡的意願就由你來永續罷。」這是他最後一封信裡的話。在那裡他重新提出了他的「瞬間理論」來，他說那是他在自己知道生命將盡的時候更加可以肯定的一點心得。在他法蘭克佛賃居的學生宿舍裡，他躺在床上可以從窗口看到幾層重疊的紅色屋頂外的一所小教堂，越臨近死亡，他越被教堂的屋頂所吸引。「我可以整天凝望著那漾著冬日的陽光而顯得光彩奪目的教堂的尖頂而感到思想的奔馳。我並不是精神瀕臨崩潰的人，我的思想並沒有患病，我只不過是肉體腐爛就要失去生命的人，我並不是需要教堂安慰的，我看出了那教堂的屋頂是西方開明思想的一部分。」

表哥是在嚴寒的氣溫下誕生的。從小孕育著具有北方的堅忍強韌性格的思想。在貧窮的鄉間，「生命萎謝得迅速，」他這麼說，「或許就是讓我瞭解到在瞬息裡握住生命意義的重要。」生命的勃發集中在即將流失的最後瞬間來完成，這就是人間唯一的希望，看不到這瞬間或讓它徒然流失的人永遠都不知道生的歡樂，或永遠只是等待著那不可能到來的生命的意義。

表哥的這些話在我年輕時並未刻意加以細嚼，直到在法庭上你們七個光頭突然以某種奇異的光刺到我的眼睛，我彷彿想到少年時代讀過表哥描述德意志國那所小教堂反射的冬日的陽光，而出現了表哥生前的年輕容貌，那張臉感動了我，如果幽靈之說可以成立的話，那麼就是表哥的臉及時來到我的面前，而讓我有了驟然了悟那瞬間的來臨，才做了那件爲人所不瞭解而轟動了新聞界的事。表哥常說他想做的是一個十二月冬陽似的思想家，那是在冷肅的生命中創出一雙銳利發光的透視力的。表哥沒有做到，我也不可能做到。我以警察出身而躋身學校，徒然具備了健旺的生命力，對著亡故的表兄這一生唯有自慚形穢之外別無他想，或許只留著一點表兄那種對亞細亞的熱忱的記憶而已。

因此當你每每爲了往古的一件事而表示感謝時，我當對自己說，那是他，早已亡故的表兄，而不是我，是他使我那樣做了，我之所以願意用自己的身體來表達他的思想，只是因爲——或者是——我懷念著他的兄弟之情，他實在死得太早了。而後來政府給我的懲罰，也由於懷念著這位亡兄而變得無足輕重了，倘使自己國家的所有國民都指斥，至少表兄是瞭解的，當時是懷抱了這種打算的。

父親，父親一個人坐在補習室的椅子上，不知不覺睡了過去，膝上放著他的那一本藍色封面的三角書。這時母親已經去世三年了，一向不貪眠的父親的精神已經衰落到了隨時可以打盹了。

水田事件早就像田埂上第二天的霧氣一樣地消失了，竟在生命的這時，和被毆者產生了友誼，通信至今，倒是他沒有料到的。充滿了仇恨而開啓了關係，動手前的夜探留下異常的印象，令他心中猶疑甚至生出了一些敬意，法庭上一句出人意料的徹底否決的話像電一樣閃過來，從此在揣想著究竟。

青年時代就在地圖前面愣住了。日本，自己的國家會是這麼支離破碎的一個國家，被摒棄在大陸的邊緣，北邊是廣袤的西伯利亞，西邊是一片大桑葉的支那，而自己的國家只像一隻蠶，浮在汪洋大海之上。可憐的大和民族啊，你要好好生存下去並且向外擴張，在軍國主義勃發之前，地圖已經昭示著他這個少年，這是生存競爭的唯一途徑了。作爲一個日本國民，生活是加倍的艱難啊。抱了這種堅韌的念頭，他幾乎絕望地奮鬥著。在聽到和德意志的軍隊共同演習中，一排隊伍沒有聽到立定的口令就在懸崖前面自動停下來，而日本隊伍則絕對服從了命令，既然沒有聽到立定的口令，他們一個一個繼續正步向前走，踏出了懸崖，沒有一聲驚叫就一個一個從崖頂掉入空中去。學監聽到了這則或許是虛構的故事，整個人沸騰了起來，有那麼一段時間故事活生生存在在他的意識裡，邁步在他筋骨四肢的每個角落，一出門，整個人儼然也是正步踏出崖角的偉岸氣概。在他的眼裡，身邊的行人都在蠕蠕踽行，只會討著日夜的生活，而意識還在沉睡，「清國奴」他會格外鄙夷地在街上斥著。既然台灣已成爲日本的版圖，他就有責任喚醒這些劣等民族的做人意識。首先對現代生活的不能適應，曾經遨遊過歐羅巴的表哥從小訓誨他，日本，整個亞細亞，要趕緊開創一個現代來，這些鄉下人——他負起了喚醒的工作。

他的一身深綠色的騎馬裝，頭髮剃得很高，露出了青色的雙鬢，抹著髮臘的頭髮則梳理得一絲不苟，腳上的皮鞋永遠是油亮的。被打傷入院後剃成三分平頭，出庭作證時頭髮頓時花白起來。經常看他束得緊緊的綁腿跨上了鐵馬，慨然有了領導殖民地國民的氣派。家鄉來電報知母親的病故也只閉門在家一天，表示遙思，第二天拉開了家門，掌著鐵馬，步入陽光時依然和往日一樣，只在身上掛著一塊黑布，跨上鐵馬的英姿只稍稍加上了一分潛沉。

離開本國時他以自己不能成爲關東軍而感到遺憾，每次看到畫冊上，國軍在那一片廣袤綿延，滾滾風沙中在城門上站立的雄姿使人爲之神往不已，特別是垂掛著護耳的軍帽，那種實際投入戰鬥的生活，被自己暗中描摹著，彷彿是身歷其境的出生入死，在操場上也無形中對學生有了神經質般的苛求，開始木劍訓練時，一身戎裝報效家國的夢想，在風中飛馳的車上經常加快地踏著腳板，呼刺呼刺地一路飛奔到宿舍。

少年時代被父親斥爲懶蟲的，不能像表哥一樣成爲一個在學問上有成就的人，在信裡自己講了出來。想到少年時候，自動請纓報效國家的熱誠，至今仍感到有一部分值得珍惜。

珍珠港事變後，爲了不能以身投報國家爲憾，每天早起沖冷水澡中鄰居聽到他哼著海軍戰歌，那進行曲隨著東日的初昇而高昂，從木排窗隙裡透露了他大丈夫的氣短。家裡珍藏著一把家傳的武士刀，經常在屋裡抽出鞘來端詳，以寒涼的刀刃自況，而自歎悽涼孤傲有如鋒刃，急切地要趁著壯年有爲時以身報國，夢想著犧牲的榮耀。痛恨人間的慵懶無爲，曾經聽說中國有句「好死不如賴活」，他簡直不能瞭解這是人的生活，「這是禽獸啊，沒有人間自覺的清國奴們，你們可以被征服的原因自己找出來了嗎？你們就是蒙混過日，你們不知道爲什麼活著，這就是你們的病症，你們個個是條抹布！」從卑視而到凶暴，在木劍課猛力揮向了頭盔已經鬆落下來的班上一個弱小的同學。

這個學生受到學校無理的處罰，以沉默拒絕木劍的訓練，「是一隻南京蟲嗎？」帶著半挑釁的語氣說：「既然有一天要做皇軍，縮成一隻南京蟲是不行的。」結果班上的同學全部拒絕擊劍了，那是連他都沒有想像到的僵持的場面，在風雨操場裡，從手上往地上摔下木劍的聲音，在架著鋼條的屋頂間回響。

學監被調到學校來就找不到可以談話的人，揭開男子漢的胸膛赤誠相對的朋友，暗中埋怨著教員們不夠配合陸軍的努力，當師範學校開劍擊課時，他主動請願做這門課的教師。由於台北師範屢屢滋事，逐漸有了鬧學潮的風氣，背景特殊的他就從警界調到學校來。然而他和校長持有異見，高壓的手段經常不爲校長所接受，「這不但是學校，而且是日本人的聲譽出現了危機。」而不得不把全班叫到風雨操場訓話，曉以軍國主義男兒的大義。雖是不抽菸，不喝茶，飲的是開水，自律自持甚嚴，不容自己也不容別人有點錯，堅強的身心在民族的大題下卻是什麼自我也沒有的。

那一天，學監從背後追上去，在學生的背後吆喝道：「這樣變成一隻南京蟲是不行的。」一步搶過去，照頭就是一記，學生回過頭來，又是一擊，圍觀的同學們同時發出了驚愕和不平的呼聲。

沿著校牆的陰影，他們看到那魁偉的身材跳上了腳踏車，在夏日的晚風中逸然駛下土路的人正是學監沒差。那挺直的上半身在車座上岸然如石膏像，只見雙腳輕快而規律地轉動，好像是機械般毫無費力的痕跡，在他堅定無誤的操作下，飛快地從柏油路駛入了小路，在尤加利樹的小路上他的身影忽現忽滅。記得那是暑假前的最後一個星期，本來計畫在學期的最後一天下手的，為什麼不是那一天呢？現在已經不復記得了，或許最後一天找不到他就會失去了機會，或許還有別的原因，現在唯一記得的是他的身影從校門出現後，我們幾個人熱血沸騰的情景，從來沒有想到過自己可以做這件事，而在準備發動的一瞬間，自己覺得是心安理得的，一種身體和思想的配合造成了唯其如此才算是做了人的感覺，那麼今天就讓醒來的人間意識行行事罷，或許隨時把人間意識掛在嘴上的赤崗先生也嘗嘗這意識的滋味罷。我們終於在他騎過了最後一棵尤加利樹時把他圍住了。「諸君，你們在這裡……」——才這麼開口，就意識到不對了，我們從背後把木劍拿了出來，握在手上，「這是……」，然而他並沒有驚恐失色，不愧是一個身體力行的軍國主義好男兒，他倒是微笑了。當我們把他逼進被一叢亂木掩蓋的水田，鐵車棄置在枯樹幹上，「馬鹿野郎，昏了頭了嗎？」他還操著師長訓斥的口氣，那時天色已經漸漸暗了下來，西天染紅了他的臉，「你們……全部開除！」師長的尊嚴受到了挑戰以後的羞怒在口沫橫飛的罵話裡已經感覺到。但是七個人已經不爲所動，雖是十幾歲的少年，卻突然站得比先生還高了，不是指身量，而是說氣概，這位先生在我們團團圍繞中，突然顯得多麼渺小，當他受了我們揮下去的第一棍時，他的臉土灰了下去。不過我們也太一廂情願了，按照原來的計畫，是想逼到水田中央，叫學監在田中立正唱國歌的，畢竟這先生是受過武士道訓練的，在他不能以師長之尊來威嚇我們時，他也擺開了腳步，於是一場混戰就開始了，究竟是不容易制服的，他有一套擒拿術，加上柔道的本領，使我們七個人也眞辛苦了好一陣，最後還是讓他掛彩了。

車輪滑了出去，車身在十字路口急轉了一圈，對準路邊一棵雲杉的前面停下來。雪堆得很高，風仍在呼嘯，在這鄉間的小路上，天空和地面連接起來，展開在眼前的是茫茫無盡的飛雪。只有一波一波垂掛在木杆的電線指出了路的方向。

車子是從東向西南行駛的。在晴朗的冬天，這新英格蘭的平野在遠處描繪著柔弱的輪廓，輝耀的天空下，老年期的山坡在車窗外緩緩舒展，枯竭的草地最後隱沒在地平線，化為無聲無息的一片安詳。每次車子開到這裡，午後的天空已經癱軟無力，只在邊陲的地方凝聚著一層悲哀如夏日的記憶，俯臨著寧靜的平原。現在眼前的景物則都被紛飛的雪橫蓋了。

剛才車子在急煞車中打了一個整圈，車裡的人都出乎意料地沒有出聲，只有詠月一個人驚叫了一下，然後突然意識到今天的日子而趕緊收住了口。驚叫在後座只成為悶在遠處山谷的斷音。她只用手緊抓住了身邊就要做新娘的倚虹的手臂，當車子又平直駛在路上，緊抓著的手，又握了一下才放鬆，彷彿是為自己在這樣的喜日中無知地叫起來而表示歉意。然而她們兩人之間已經無須這種禮數了。幾年的同室，一年四季都安靜無趣的這片鄉野已經把她們結合在一起。她們曾經容忍彼此的孤單。

現在她平直坐在後座，安靜凝望著窗外。雪片在空中飛舞，一月底的草原放縱北方，任其狂捲。

夏天，經常穿著絲質的汗衫，突出衣服下面結實的胸肌。在公寓昏暗的走道上，那汗衫也能發出明亮的光澤，頭上則是豐茂茂的一頭長髮。由於他的職位，他是無須開口的，每天把新鮮的牛乳放在每家的門口，然後收走每家在前一個晚上放到門口的空瓶子，瓶子和瓶子的擦蹭就是他的語言了，隔著牆聽去，那是曠古的野地傳來的一種寂寞的聲音，他巨大的身影在公寓的門口像一隻猩猩般的出進。有一次從窗口聽到房東在門口截住了他發出一連串的問題，那時他雙手滿滿的都是瓶子，靜默地站著，房東長串的問題講完之後有一段無言的等待，在這吃緊的關口，兩個人一大一小直直對立著，沒有一點聲音，然後那猩猩突然在喉間發出無意義的咕嚕咕嚕，算是答覆，公寓的老頭搖著頭走開來，經過他身邊登上樓梯時還不斷搖頭說：「白癡，白癡。」然而那其實是一種深不可測的習慣於孤獨生活的表情，不過當時僅僅有著這樣的一種見識，你對這個青年留下毫不鮮明的印象，甚至到今天。對這青年自己一向是謹愼的，不敢輕易對他下任何判斷，雖說他的外表像隻猩猩，但他或許具備著我們所不瞭解的靈長類的深沉。每個週末的早晨可以聽到他沿著牆走過來的彷彿生著肉趾的腳步聲，那也是深不可測又極端害羞的。

安息日是牧師最不平靜的日子。之所以還能站在講壇上佈道，那是爲了他在記憶中還有那麼一點無法抹滅的悔恨。我是一個拒絕懷鄉的人，噢，這未免有點太自負了，充擔聖職的人，上帝的處所就是你的故鄉。隨著冬日的薄陽從窗口收腳而談話慢慢委頓下去的老牧師，話裡的聲音從他的心游離了出去。他聽著她講，只唯唯諾諾地虛應著，好似自己就要盹過去了。那是在心血即將枯竭，記憶就要毀滅的時刻，老牧師突然從他的椅上驚躍了起來。他重新端坐在扶手的椅裡，好像剛從一個遙遠的地方回來似的，帶回了一個新的消息。他爲了一個新的念頭而興奮起來，即將成爲腐朽的風濕性關節的軀體立刻發出爍爍的精神。風濕關節炎，彷彿日月的昇沉，有它節奏性的痛苦。接著他說她應該就在這個冬天成婚，實在沒有什麼理由一定要等到開春以後，等待已經沒有意義了。他的喉嚨也會因長久的咳嗽而沙啞。這也是她自己明瞭的，其實那天亞樹在離去的車子裡回頭向她說了再見時，她就已經知道了。

朝陽的房間，窗玻璃上都垂著花布簾，印花都被陽光曬淡了，日間這間睡房被父親弄得很幽暗。這個世界的日光，他懼怕。簾布的灰塵沉沉積累，成為不斷膨脹的嘈雜的低語。

第二天，陽光重新照臨，他就躲在房間裡補睡，白天忙著蘇家，夜裡又要上補習課。他沒有把溫和的臉色給過母親，即使在這炎夏逼迫下的日本房子裡，他冷淡得像一塊屋角的磚頭。他的意志成為母親的累贅。

「醫生的死，這樣說來，是死於對人的偏見。對自己同胞的偏見。」

醫生延誤了一個大陸人致死。我不能絕對說醫生沒有耽誤了情況，我也不能不說以我對他的瞭解，他是一定會好好醫治病人的。

然而現在他死了，我們都無法讓他開口講話，然而他卻時常在我的心裡叨叨地講著，「那是延誤，那是延誤。」其實這是將心比心，是我自己的對他的猜測也說不定的。一九四七年，只短短的兩年間，曾經被當作祖國迎接的陳儀的這批人，確確實實被我們厭惡著。

那是一批農民啊，帶著土匪般的作風，在這島上還想打劫。

台灣人首先在語言上失勢了，這畢竟是被異民族統治的悲哀，母語被剝奪了，被強迫塞進了殖民者的語言，那好像嘴巴被滿滿塞了一口穢物。光復了，他重新拾起母語，畢竟太遲了。在日常生活裡，語言成爲一場看不到出路的死戰，台灣人不能表達自己，被剪斷了舌頭似的。有理也難說清。陳儀這個人聽說在中國的軍人裡邊還算是有點開明思想的。這段歷史你可能不知道了，噢，你知道，是的，不錯，他是行政長官。

按著良心所賜的口才，說起敵國日語來，這種聲音正直的人都會聽不進了。他把台灣人的痛苦容納到自己的心裡。

他這樣的生活，必然令在地下的老友們爲之臉紅了。

幾個在水田裡圍毆日本學監的學友，除了他，統統被槍斃了。不，不，不是被日本憲兵槍斃的，是被自己的同胞親手殺的。那是被陳儀的部隊虐殺了。於是家裡的一本照片簿都是死人的照片，父親的朋友們都死於一場事件。

小時候翻開了照像簿指給女兒看裡面死去的一些叔叔伯伯時，年幼的女兒就問，「爸，那你爲什麼沒有死？」這句無忌的童言，囓啃著他。他爲什麼沒有死？是的，既然好朋友都死了，自己也理應死的。

在一條思維的繩索上戰戰兢兢走向生命的軸心，父親說，讓我們明瞭社會是怎麼誇張了，對於個人經歷的痛苦，他的追悔，他的品質，都被遮蓋而看不見了。父親認爲不流汗不勞動的生活是最可恥的寄生蟲的生活。對物質慾望的輕蔑，補習班得來的錢幾乎悉數都散給好朋友的遺族。冬天拒用火爐，堅守禁欲苦行的生活的理想主義者，一生追求內心無愧的生活，卻是一生爲過去的噩夢糾纏著。

動蕩焦躁的亞樹，對自己父親的不滿投擲在倚虹父親的面前，沉默下來，好似突然看到了他長久在尋找的影子，好像夢一樣，「這就是三個叔叔的影子嗎？——如果三個叔叔沒死。」死者中走出來的一個影子。父親的在世是沒有天理的，他的三個弟弟都比他好，但是他們都死了。好像好人就注定要早死。

亞樹爲之無言了。當下有了親切的感覺，這樣他可以聽這位長者的話了。在這位長者的面前，亞樹是綿羊般溫順的。倚虹在他沉默時方知道這才是他的本性，沉默時的憨直，由於家庭的關係，也由於性情的關係。從小經歷了一個家庭的破碎。他的無言的瞪視比周圍的空寂都更加深沉。一個極其不安定的影子，漂浮不可終日又執著於尋找根源。

不可能連續幾天都看到他，他來了，第二天又離去了，到什麼地方呢？他要爲自己尋找一個地方，他看到了一種景象，他要拯救自己。

父親再也不想分享人間的任何歡樂。那是虛幻的，只不過是一個泡影，他常對自己說。早些年以前，他擋不住自己思想中的把堅忍的意志否定的騷擾時，他就會說，「想想過去罷。」於是他生活在往事裡面。也靠著這追念過去的力量，靠著自己的雙手，打開了如今這小小的局面。但是他生活得孤單。長久以來，他只承認幾家人是他自己的人類同胞。那是少年時代滋事的七人團造成的一個世界，二二八事件以後，只餘下兩個人，十幾年來其中一人也死於肝病以後，就只剩下一個人了。住在太平町的蘇家是他樂意把自己補習班掙來的財物不斷周濟的一家人。這當然是當年七人團裡的一員，蘇茂生，在他如今逐漸衰退的記憶中，依然是栩栩如生的美少年。在水田中他那猶豫中帶著果決的神色他至今難忘。他深知他——日後成爲一個名醫的最具深思型的好友——不是一個硬心腸的人物，他的棍棒揮動得很痛苦。誰也不能料到在班上耽讀著波特萊爾的一個蒼白的學生，會第一個把自己手上的木劍擊到學監的背上。誰也沒有想到被師範學校開除以後卻救了他，使他瞭解了生活的困難而用了好幾年的工夫輾轉把醫科念了下來。

光復前在太平町開業行醫時，七個人又聚居在一起的情況是以酣醉來祝賀他的成就的。記得那時，他仍是一個波特萊爾迷。提到這個法藍西的詩人，醫生的眼睛就輝躍著一種強烈而欲想奔赴的見識，醉酣之中對這位詩人終身的遺言推崇備至，「女人的陰部」，他，醫生，說如今他是要把它理解爲「永恆女性的陰部的。」「那是母親的陰部，這是偉大的回歸啊。」「是泅回你的原生地。」「因此波特萊爾臨終時的心靈毋寧是平靜的。」醫生是他們中間最勇於思索的人，卻是最安靜地從事著他的醫科的工作。

醫生死於二二八的動亂，那必然不可能帶有泅回母體的安靜的，那是泅入了一團紛亂的黑暗裡，那是死者不能瞭解，尚存者也無法說明的，家人連屍體都找不到了。

憲兵來家請他出去，就沒有再回來。前些時警察也到家去調查，詢問爲什麼熱心於醫治二二八滋事的流氓；那是醫生的本職。

醫生死後，被社會孤立的家庭，成爲他的負擔。世間的人和父親自己恐怕都沒有預料到，這是要照顧兩個家的。他變成不是那破碎家庭的一個訪客，他變成了那家庭的一份子，有人經常看到父親的影子走入那暗澹的家門裡。陰湫的氣息和他自己的心境接合在一起，只有浸入那種滲暗的角落裡，他才感到重拾了自己的生命，他的臉才會閃出一點油光，然而那一點點生的標誌也隨著日子顯出了它的遙遠，因而與其說是一種慰藉，毋寧是更令母親害怕的。父親的那張臉在蘇家可能是光芒，在自己的家裡就是翳影。蘇家的孤兒終於進入了大學時，父親的高興刺痛了母親的心，以至於父親想把她許配給蘇家孩子的從小的念頭，現在被母親否決了。「你的腳是踏在別人家的屋子裡的。」母親氣憤時，就這麼說，「妳爸的笑容只會照亮別人的家。」

他背負著記憶的重壓慢慢衰老了下去。到後來，只有在陰暗的屋裡，才能感到他的生息。陽光的直射中，他是不宜生存的，他是連眼睛都睜不開了。天黑下來，他的影子就跨出了自家的門檻，可以想像在幾條街外他將再以更黑的一團影子無聲無息地跨入蘇家的門檻。一路專注地走著他的路，連頭都不會回一下。在街上偶爾遇到時，他也看不見面前的自己的女兒，因爲他總是埋著頭走在他熟悉的路上，「又到蘇家了。」不到蘇家父親是不會把頭抬起來的。這已經成了一種固執，一種專橫，然而父親可以說是個謙虛的人，在某種德性的面前，他可以輕易地抹滅自己，使自己軟化，使母親也隨之軟化，無形中顯現了寬宏的胸懷，再大的酬報都不會超過他記憶的重量。

「沒有，沒有，他的朋友從來不來夢裡拜託過他。」倒是他自己想要拜託死者了。記憶裡朋友總是溫和的顏色，而羞慚的應該是他自己。白天深自痛責的心情每一不順當就擴大和蔓延成爲對自己家的無理的怨恨，對母親無端的斥責，長此以往，他慢慢拖定了主意，要把整個家拖垮了爲止，那時家就是父親陰鬱的溫床和基地了。

二二八難友遺族的照料，難友兒子的結婚，接生他的第一個嬰兒，像自己的孫子，是他後半生的唯一的光輝。直到出國以後，她才感到父親最後那幾年的執著。然而父親和母親之間再也不能相互諒解的一堵牆橫亙著。

「人就像淺灘上的魚，口裡不斷吐出膠質，來黏補分離的親人，有時膠質稀薄了，再也黏不上了。」父親說。

父親冷峻的皺紋鬆緩下來，是他夜裡開始作夢的時候，在他去世前突然現出了慈祥的表情。家裡雖是陰暗，但是淒苦的神色消失了。但是亞樹不認爲這樣，「他臨終的那些日子是突然有了新的領悟。這時前，他是對過去的無法解釋。」

「爲什麼呢？」亞樹沒有回答，離走時，跨出門檻的身背閃著緩慢支離的暗影。留給那晚飯前一個空白而漫兀的傍晚。

「這不是妳父親的過失。」亞樹突然提出了這種的問題。當時她沒有完全瞭解。只是隱約感到亞樹由於父親的死而變成了另一個人似的，躲入了自己的內裡，被一層殼圍住了。在他從台北失蹤以前，她沒機會再和他見面，她再上獅頭山，可是他不在山上，直到她出國，她想她再也看不到他了。

「父親死後，你到哪裡去了呢？」

「妳出國以前嗎？」

「你有意躲開我？」

「沒有這個意思。」

「不然你怎麼不告而別呢？」

「因為我被妳父親的死……」

「其實你不應該感到有任何歉疚的。」她之這樣說，連自己也驚異了。這是在此刻重逢亞樹以前，自己從來沒有想過的。父親的死和亞樹有什麼關係？莫非這漫長的十多年間，已經冥冥有了答案，早已存在自己的心底，只是今天不假思索地直說了出來，亞樹負擔著父親死亡的罪過嗎？是的，他負擔著他自己的父親猝逝的罪疚，然而她的父親……

「妳的父親可以說是因我而死的。」

「亞樹……。」

「這是眞的。」
「不要再這麼想。」亞樹沒有作聲。「而且何況過去這麼多年了。」
「我只是想告訴妳爲什麼我離開。」
「你到哪裡去了呢？」
「我在獅頭山住了幾年。」
「但是上山了……」
「他們替我掩藏了……」
「……」
「我原以爲自己不會再下山了。他們也認眞考慮過我的想法。」
「你就沒想到……」
「我想到的，所以我就請他們替我隱瞞一下。知道妳會跟著上來的。」
「爲什麼後來又下山了呢？」
「是的，我又下山了。」
她看著他，他沒有再說，就算這樣回答了她的問題。臉上的那一條疤痕，在地上的雪的映照裡，因嫩淺的肉色而成爲一種類似語言的東西，爲他的沉默，早年那種輕蔑語言的沉默，說明了一切。

她知道這條懸直的疤印成爲他心裡的一種負疚的重擔，但這時又似乎是替他釋負的標記，不但如此，在他的說話中，成爲帶有不可侵犯的儼然的神聖。於此時，他才稍稍露出了君臨著人間的默默的傲然。

他並沒有改變，還是一部和以前一樣豐密的頭髮，現在留得更長，臉上一些粗獷的線條隱約是當年在樺山車站的憤怒。然而現在是以沉默來代替憤怒了。由於這樣，反而讓她感到曾經以之接近過他的那熱情變得邈茫不可及，眼前的這人是她愛過而一直還懸念著的人嗎？站著的她頓時有了顚倒無著的錯覺，她的身體好像染上了某種疾病一樣，得到了這樣的命運；她對自己曾經那麼地在他的懷抱裡感到不解。「我是一個沙彌。」在獅頭山上，他曾經帶著自嘲的語氣這樣說過，現在想起來這或許是眞的，曾經是一個男子——一個憤世嫉俗的男子——現在已經不再是了。在雪中他們不動的身子都如大石般的冷漠。她直覺到這不是十幾年闊別的緣故，而是亞樹不知經歷過什麼變化，致使他成爲別的一個人了。

「沒有，後來下山以後就在山下的一個中學找到了一個教職，自己非常平靜地過了幾年。雖然身在鄉下，其實心是和台北連接著的。」那是台北逃不了的一些事情還是把他喚回去了。

「現在呢？」

「即使現在，心也還是和台灣連接著的。」

「爲什麼？」

「也還有些事情……」

陰晦的十二月天，毫無變化的雲空壓迫著這出了小鎮後漸漸呈現在眼前的一片草原。空氣裡已經有了陰寒的濕氣。一道破雲而出的薄光照亮了烏黑的地面。前一片刻，廣漠的空中停著一團窒悶的雨意。濃密的雲層向四周散開，田疇的邊緣，屹立著白色的屋樓。

她早已訂婚，「那麼遲早就要完婚。」牧師說，但是，那是遠在台灣的事情，她有過未婚夫，然而他不告而別了。應該如何說呢，從何說起呢？一個家的影子在她和父親和亞樹三人圍著吃晚飯時曾經那麼明晰地出現過。「母親的遺像在牆上看到了我們。」她喃喃自語。

乾萎的羊齒在堆積的枯葉上又抽出幼嫩的新芽，她替牧師把涮蘸的水掛到窗口。

蕨類總是讓人欣喜。牧師抬頭看著。那昂然的生命，讓依靠它把過去的記憶毀去。

那會是一個令人窒息的婚禮。在這古老的教堂，中國人的影子突然匯集起來，每次在異國看到平日少見的同胞的影子一下子攏在一起，就感到奇異。

她自己會在婚禮的那天終告遺失。牧師突然顯得格外稚氣的笑臉令她心寬，只感到自己的身軀走向了神壇，在甬道雙邊的人都是完整的人。在廚房裡，她把飯後的碗筷收拾過來的亞樹拉到暗角吻他時，聽到父親的腳步從天井走過去，走進房間。母親生前最後一次用過的大灶發出寒冷的灰燼的氣息。她曾經那樣把亞樹抱得緊緊的。即使在自己的手臂的圍抱中，她已經預知日後落入孤單的如現在目前的這種痛苦。「亞樹，全靠你助了一臂。」母親葬後的一個星期，亞樹的來訪解脫了她被莫名的恐懼堵住的時光。他把她從家裡帶出去，晚上則和她父女兩人共進晚餐。

在台北，父親在親友的面前談起了婚禮，是的，自己曾經有過想像的。夏日夕暮的終了，巷外的街上總傳來沙沙的灑水車經過柏油路面的聲音，不久空氣會蒸發出薄薄的嗆氣。曳地沙沙作響的婚紗成爲她的心悸。「是那麼可怕……」「不，那是不應說可怕的，我的孩子。」老牧師說。「但是，你的信心……」她的意思是，曾經有過失敗的婚姻生活的牧師，對她的婚禮竟會有信心。

於是她旅行去了，趁詠月實驗還沒開始，她們一起去德州玩了幾天，她借此把婚事暫時放在一邊。「也好，或許換一下環境，妳對自己會有不同的看法，有時，同樣一種事，只要角度不同，就出現不同的意義。先旅行一次，這是明智之舉。」

在德州她記起了那濕悶的夏日的台灣，她似乎可以在這裡住下來。至於詠月，她想到了她的實驗計畫，急著想回去。「急著想把自己的生命耗盡在實驗裡面。」詠月說，「此外，再也找不到可以耗損生命的事情了。」

而在七月的晨光從枝椏間滲出來，父親洗過溫泉浴的身上也發出了硫磺味，

「或許如果方便，婚後是可以住到家裡來的。不是入贅，不是入贅，千萬不要誤會。」突然感到羞澀的父親，拖著木屐搶幾步先走開了。不久，從樹枝的縫間，看到他的背身走上台階，步入了旅舍。

從北投回家的幾天，是父親每天都要亞樹到家來談天的。說是談天，其實是父親叨叨地說個不停，亞樹和她只靜靜地坐著，打腿上的蚊子。

四個月的時間，她死了親人，失去了愛人，她隻身出國時，算是最清靜的。當她出現在候機室時，在親友的送別聲中，她踏出了她的故鄉。那幾個月中，你突然知道了父親的身世，自己的家，經歷了它的破亡——比亞樹家還破得快。

我的眼睛畢竟矇騙了我，這一雙自以爲每天都在凝望上帝的眼睛，牧師說，我沒有看出他們的事情，雖然有點覺察到，但什麼東西把我的眼睛蒙蔽了起來，那時我猛讀黑格爾，而且一心要奉侍上帝的。我錯了，我錯了。我忽略了人間的愛。但是我並不是當時就瞭解的。用溫暖的心來看世事，人間就變得寬大，我原諒了妻子，原諒了送奶青年。

然而後來證實這原是超自然的德性，非人間所能企及，只有上帝才會原諒。

那麼你或許會問，你不是爲他們祝福了嗎？而且也暗中資助了他們嗎？是的這些我都做了。我懷著自懺的心情，自以爲做了一些好事，回想起來，那是恍然於先前對母女的冷漠而產生的悔意。在芝加哥我站在街邊，看到她抱著嬰兒在冰天雪地的窮人區排隊等著買罐頭——那是大恐慌的時候，我沒有上前去按照原有的計畫勸母女跟我回家，要求給我一次機會。我看到他們三個人在雪中的溫暖，我離開了，他們得救了，我也得救了。事情原不是世人所想像的，也不是我原先想像的那麼簡單。我也不知多少次去芝加哥了，這一次輪到我等待著男人出門，我再上樓去敲門。妻是驚訝了，這不用說，女兒則用驚恐的眼光注視著我這陌生人，母親趕緊抱起了小孩，我的眼色一定很難看，或許她已經從其中看出了我的凶相。是的，我早已沒有求她一起回去的想法，我早已沒有悔過的心思，懺悔的心早被復仇的心所取代。在這次拜訪之後的一、二年間，我夜裡經常被一陣拉長的尖叫聲從噩夢中驚醒而冒出一身的冷汗，那是太太抱著女兒一起從公寓樓房的窗口被推出去，在空中的驚叫。那一天，她看到我，趕緊抱了女兒退到拉開的窗口時，我沒有第二個想法，只想衝過去，把她們都從窗口推下去。噢，看看妳驚訝的臉，是的，這就是現在在妳面前，而準備爲妳完成神聖婚禮的牧師的心。我早已犯下了殺戮的罪過。按照聖經只要你心裡想著女人，你就已犯了通姦之罪了，這是讓我無以逃遁的，比一把利劍更爲尖銳的定讞。我在夜裡過的是殺人犯的生活啊。

說也奇怪，白天，我的證道倒是更滔滔不絕更振振有詞了，我升爲駐堂牧師後，每晚的講道都擠滿了區民，我的犯罪意識越強，我侍神的事業就越成功，這令我害怕，幾乎令我精神崩潰了。我病倒了幾年，難道罪惡就是侍候上帝最好的辦法嗎？有一段時期，我自以爲我無意中發現了眞理。罪惡——最最罪大惡極的犯罪，是爲上帝暗中笑納的，不然何以我在聖壇上的聲音充滿了醉人的顫抖？爲此教區的居民驅向我來，在戰爭中的那幾年，有夜裡敲我的門的，要我爲他們祈禱，醫治他們不安的心，因爲他們的情人或親友都在諾曼地登陸的陣營裡。罪啊，降落在我的身上罷，降落在人們的身上罷，爲了拯救人類，罪惡啊，加速降落罷，爲了洗滌人間的污點，需要它的降落，如雪一般的降落。我並不詛咒戰爭，你知道，我覺得這場大戰就是來清洗人間的。

我發現上帝的狡詐，我不喜歡祂。我在證道中，甚至公然抨擊祂了。說也奇怪，這竟贏得了喝彩。我思之再三，噢，原來人們也並不愚蠢，畢竟也都看出了神的狡詐。只要你看看，當你在台上暗示上帝的不是時，台下的聽眾各個都瞪圓了眼睛，靜候著，等待你再講下去，再探一層挖下去，只有一場生命的大騙局直指出來，而這場騙局的後面穩坐端座的就是上帝了。然而夜裡，我的信徒們，那些渴望著我的證道的聽眾們又來到了睡夢裡，這時他們不是安詳地坐在那裡聽講，他們從座位躍起，一個個成爲猙獰的惡漢和瘋婆團團圍住了我，要把我撕成碎片。我是多麼對不起這些教友啊。好像這回倒是他們都被聖靈充滿了，他們是神聖的聲音，我失去了一切的同情心，我不能把他們的心思容納到自己的心裡。

那麼，讓我再說明這點，而且請求妳再三思索——雖然我一年來一直勸妳成婚，而由我來主持婚禮，當我說了這些之後，妳還願不願意由我來爲你們證婚呢？或者妳還會在心裡嘀咕。畢竟洗滌完畢的牧師還是清淨的，或許妳就錯了，因爲連我都不知道我是否對自己已經完成了清算。只要我一息尚存，我就有能力再圖不軌，我是個無可救藥的糟老頭，我是遭譴了。這瞬間，老牧師的眼睛突然閃滑著無可捕捉的見識而顯得年輕起來。

出國前，對城市邊緣的老街道已經感到厭煩，河邊那股永遠除不去的餿味，在日復一日毫無變化的生活中令她隨時要彎身作嘔。外國，有一種新的生活在等著她。

從軍營回來，其實都一直在精神昂奮的狀態中，甚至她懷疑他有一天會拿起什麼東西來加害自己。身體裡所有的攪動，緊緊捆綁著，因昂奮而漲大著眼神。無言而灼熱的眼睛。然而黎明前戛然沉睡下去的臉，卻如一顆落珠一般純潔。

在深冬白雪紛飛的新英格蘭，她已經沒有什麼夢想，突然發覺自身是在地球一個荒冷的邊境上，報紙又登出了大雪死去了多少老人，她只想到故鄉家裡生起的一爐火，然而父親已經過世。

那一年她走在灼燒的陽光裡。貼過來的是灼燙的面頰。他們兩人當中不曾有過的祥和並沒有延續多長，由於這種氣息她是不習慣的，於是她笑了笑就走離開了他。

「那是瘋狂的，人類的偉大都是疾病。」梅爾維爾說。所有的人類可以俯身拾取的是單純的幸福，在幸福的面前，人顯得分外脆弱，牧師這麼說。但是日後要成爲孩子的母親的婦女最後關頭上是堅強的。現代的牧師已經無須爲人們的靈魂負責了。這時牧師的臉又愁苦而憔悴起來。先祖們的齋戒，守夜，絕食，鞭打自己，現在只剩下祈禱，那是遠遠不夠的。

那天她走下了教堂的石階，身後傳來鐵格子窗咿呀地打開的聲音，她轉過身，在日光從濃密的松針穿插的斜光裡，牧師愁苦而憔悴的臉上突然有了心裡有一番話似的笑容。她在最後的台階上站住了。因溶雪而清新的空氣裡，被教堂的尖塔遮成一塊陰影中現出了一個令人欣喜的臉孔，牧師只怯怯揮了一下手，沒有說一句話。一個衰老而有風濕性頭痛症的影子怎麼站在窗口成爲眼中一個奇異的圖象而使她驀地有了成婚的念頭。她曾經那麼盼望在亞樹的身上得到家庭的溫熙和歡樂啊。

她又記起了父親的臉，見過亞樹以後，突然跌入自己師範時代的緬懷的顏臉，成爲一種溫煦的提示，在她日後的生活裡時時攔住她。

現在她看到自己少女的臉，經常在鏡裡產生無端的疑慮。

好像接近了一個陌生人似的接近了他，台北的城裡，穿過的那些狹窄的舊街，蒼老的古磚樓，在那裡，一個新的生活開始又結束了。淡水河邊的樓房猶如記憶的一片青苔，在陰黯中蔓延。已聽得見父親被師範學校開除，祖母在房角的啜泣。

日後父親談及自己少年時代的亂事，竟成爲他一輩子唯一光彩的事跡而嘖嘖地憶及。在那井然有序的學校生活中，突然產生了日本狗這樣的念頭而讓他興奮不已，他想一棍子把那日本人打死在水田裡，喚醒了他對自己這片土地的熱愛。讓那日本四腳仔死在異地，這塊地方原不是你們的。直到有一天和幾個同道的台灣學生在學校後面的水田裡埋伏了學監，自己每天的生活都充滿了意義。水田裡飛舞的棍棒帶著秧苗，田水和污泥。那是他一輩子唯一的出氣口，一談起來，他的胸脯就會鼓脹起來，一層雲翳從眉間飛過，一條小蛇在眉間游著，哈哈哈，畢竟沒有把書讀死。後來爲了生活從事不少違背自己心願的工作，獨獨師範時代的被開除是他一生的救贖。記憶促生了一線生機，對老年時病弱的父親而言，在審判的最後被毆的人卻說水田中的事從來沒有發生過，一輩子都在爲當時他臉上的表情而琢磨著。

到做中學教師退休時，他都沒有找到一個心愛的學生，這是整個民族的不幸呀。而氣得說不上話來時，母親就會在旁邊不動聲色地說一句，你又不是整個民族，干你什麼呢。父親是一輩子都在自討沒趣的。

離開這個殖民地，在他青年時代的決絕裡，故鄉已經被玷污，他有充分的理由不再踩踏這塊土地。回到原鄉，這是他的夢。有人從日本，經由東北，就進入了中國的大陸。青年時代，一棵剛剛拔上來的樹，其實根還沒有埋得很深，很容易就把生命放了手了。沒有消滅的這生命，後來就為原鄉而苦。

而亞樹呢——我恨這塊地方，這塊鬱悶的小島。

這是美麗的島，這是鬱悶的島，這是乾淨的島，這是骯髒的島。

牧師從黴菌的教堂走入日光下時，好像整個人放在無邊無際的汪洋裡，感到胸腔的壓迫。他的生活已經和石牆裡的灰暗幽閉的氣息合而為一，習慣於明暗之間的地帶。

青年時代，只要身子走進教堂的澹澹的霉味中，立即就引發了他的道德冥想，生活的每一個小時都是尋索般在前進，那是一個健壯的心臟在撲撲作跳，被各種神祕的記號所構成的空間圍繞著他，要他以自己的修煉來詮釋這些記號。

然而身體在這堵石牆裡萎弱了，那些記號仍然依稀出現在空中，沒有經由三十多年來的努力而得以破解。時間流逝了，生命就要過去，而神在天空描繪著更加神祕的記號，教堂外的風太強太冷冽了。

不知怎地，在這心裡突然如地窖似的一股濕冷的時候，對這個異國少女被問題所纏身的情況竟有了不曾有過的關懷。在幾個月的往往復復的對談中，這少女的問題成爲他貼身的欲待解出謎底的一個特殊記號。噢，倘若在身邊，現在也有她這麼大了。有一天，突然把自己嚇了一跳，在心底喃喃地道出了這樣一句話，好像是從人跡不到的多年封閉的地窖裡突然躥出來一隻老鼠一般，才恍悟到塵封的底室裡竟然還有生命的存在。想起了女兒。這是連自己都意想不到的。三十年來他以爲早就把這件事忘卻了，如今這念頭的涌現，彷彿又乍地聽到了幼嬰的女兒在門裡的哭啼，他憤憤地把門摔上。一霎時闃無聲息。他帶著皮包走下已經開春但仍然被雪緊緊封閉的公寓的樓梯，接著在自己的身後響起了三十年前女兒的細弱的哭聲。他沒有假以思索，一步步跨下了記得當時並沒有鋪蓋地毯的樓梯。腳步其實是踏到了自己的胸口上了。那天他從教堂再回家時，第一次呼吸到人去樓空以後四面的牆壁發出的冷氣。屋裡衣櫃的一只只抽屜被抽了出來，成了空盒子。衣物跟著人走了，留著薄薄一層女人面霜的氣息。起先他存著一點幻想，以爲女兒的媽只是一時負氣出走，等著氣消了以後，自然會帶著女兒回來的，在女兒還沒出世以前，她不也離家出走過嗎？等到淚人般再踏上公寓的樓梯，人影映在暗澹的房間時，借著暗光他無言地擁了過去，總是就把爭吵解決了。他走出芝加哥的公寓，雪像出鞘的刀刃，切割著黑夜。

這是惱人的生活，這是一重一重被神佈置下來的必經的考驗。第二天他聽公寓的人說，那天太太是帶著女兒坐上牛奶車走的，但牧師知道了這次是不會再回來了。畢竟猜想得不錯，事情發生了以後，在突然感到被出賣之餘，對自己早有先見之明不能說沒有帶給自己一點悲慘中堪有慰藉的自得。他早已對每天把新鮮的牛奶送到門口的那青年懷有奇異的感覺，第一次和他在公寓的甬道上無意間打過照面時，突然讓他一直在腦子裡盤桓的一個黑格爾的問題遁走了，以爲可以慢慢貫穿起來的理念一時像斷了線的珠子一般散落了。由於氣惱的關係，第二次再相遇時，他就狠狠盯著這名送貨青年看了好一會。有一回從三樓上的窗口望下去，看他反手扣著背上空瓶箱子，哼著一隻不知名的曲子，從公寓大門的石階一路蹓躂到停在路邊的那部貨車時，他突然想到難道會……然而才剛剛想到，就又把這念頭打消了，覺得自己不免過於胡思亂想，反而感到自己心思的卑劣。送牛奶的時間慢慢延遲了，以至於他出門時，總是看到兩只空瓶子，而還不見有新鮮的牛乳，這時，他也爲即將出版的一本黑格爾著作忙碌起來，黑格爾的絕對精神終於爲他貫穿過來，是他中年初期的一件大事，他也爲之意氣風發。天空是一幅入畫的帆布，神在上面描繪的畫像慢慢接近，而親近易解……然而等到他隻身搬出公寓時，他已經是一個酒鬼了。

冬日的陽光迅速地暗澹下去，照過彩色玻璃的窗口，在地板上描出令人失望的暈黯的影子。牧師的臉色日見蒼白，早已聽說這個冬天來以前就要退休了。在最頹唐的時光，可以看到他凹陷的眼窩，壽眉像枯萎的藤蔓，在冷冽的空氣裡，看不見一點生命的悸動。他的聲音雖然還有佈道時養成的宏偉的聲勢，其實早已是一座快要傾塌的危樓了。他已經受不了驚。就連這個冬天熬不熬得過都是一個疑問。

而在這茫茫的新英格蘭的雪地上，上帝的指望落在他的身上，要由他來替一對異族青年完成大事——也不知何由落在世界的這個角落——而重新打點起精神。這一點點的神祕是被他寶愛的，夠他整個冬天獻出衰弱的身心。自己青年時代跑到這荒涼的地方來，難道又被這對異族的男女重複了，不然，不然，他們原無須帶著他早期贖罪的心願，可是，難道他們就沒有這種心願嗎？他自己又懷疑了。不過自己的心願，因爲對這對年輕人的眷顧而得到了也許是不夠現實的某種幻覺，認爲這樣看來毫無緣由而落到世界的一角的這兩個陌生人，或許也是懷抱了像他早年的那種對生命的奇異的願望了，即使不是宗教上的使命感。對於自己到了這般衰弱的年紀，還希慕從那還是無邪的東方人的臉色中汲取精神，他驀然感到自己接近了這對男女，有如自己早年默默接近了神的那種灼熱的昂奮。

而牧師的臉頰一天一天瘦削，他的聲音裡有了樓塌了的頹音。他把自己的手掌十指交插，緊緊握成一團，他自己知道，現在如果還有點生命的跡象的話，就是偶爾手心還沁出了汗水。這是他依然在追逐著的表示。不是一種偶然的手勢，這是雖然肉軀在衰敗而心靈仍然活躍的徵候。

果眞嗎？果眞不倦於自己一生的工作嗎？這其實並不眞切，他自己知道，有時，他情願脫離這個身軀的，他已經沒有天堂或地獄的思想。不過，要是有的話，那就應該在這塵世上。放著夷然的神氣背後其實是經過一番掙扎的。

她和牧師就這樣，經常從教堂裡的休息室一直談了出來，兩個人又站在台階上談個沒完。他們各自的心事或心願飛入了草坪上掀起的風裡。她和亞樹在火車的倉庫邊也曾無止無休地站在風裡談著談著。空中輾過火車的輪聲，那思想本身和天空一樣浩瀚。牧師在興奮時，乾癟的頸項上的喉結就會突然健壯起來。她可以感到自己的身邊有一種壓力，從父親，亞樹，還有現在的牧師，這拘束著她，也令她歡欣，感到生活的踏實。平日的教堂裡邊是幽閉窒悶的，她沿著濕冷的石牆走到牧師的退居室，遠遠傳來的鏗鏘的門聲驚醒了她昏沉的意志，頓時只知道自己呼吸著牆角的霉爛的空氣。從外頭的日影裡走進湫暗的室內，這種古老的空氣令她歡愉。牧師難道就是長年吸著這空氣才提早把身體敗壞的嗎？然而牧師的思緒仍然活潑，生活的觸角未曾遲鈍，這或許就是空氣中那冥冥跳躍著的黴菌的功效罷，被他深深吸入胸懷裡而助長了他對信仰的尋索。

他只想帶著一個提袋上山去，遠離這幫生番。「生番」——是從父親那兒學到的。當他二十二歲過了生日以後的一個星期，在獅頭山的廟裡住下來，想要摒棄台北的一切時，連他都不會想到一住就是那麼多年，更沒想到的是那個多少帶著負氣離走的念頭竟把他整個人改變了。曾經會滔滔不絕的人現在變成了一個徹底沉默的了。偶爾綻開的微笑，也令人感到是由遙遠的陌生的邊陲地帶笑過來的。這微笑反而叫她暗暗吃驚，才恍悟到他曾經走到那麼遠離自己的地方。那是精神受到干擾——或者，那是精神不想被干擾而脫離身體所造成的結果。廟的後面是一片竹林，他的影子穿梭在修長的綠幹之間。在想些什麼呢？不，他已經在用自己的殘傷的身體和那些問題在搏鬥了。佛廟能夠安撫這些問題嗎？不，這是邪念在作祟，嚴重的精神衰弱在糾纏他。他全部的生命的激動隱藏在沉默和麻木的後面。

在廟裡的人看來他是個精神病患者，只有一個老尼似乎懂得了他，那不是瞭解他內心騷擾的內容，而是以某種憐憫之心，感到了他經歷著一場痛苦。「熬過了就會好的」是老尼常向他叮嚀的一句話。「到底著了什麼魔呢？」老尼問他，也不在問他，好像自己頓時想起了一種人間普通的某個關口，這是人人要走過的。

幾乎不知不覺，這兩個人之間滋長著奇異的親密，與其說在未來的女婿和未來的岳父之間，寧是在兩個被同樣的感受所陶養的心靈之間，產生了對話。因爲他們都有比別人更爲廣闊，在常人看來更爲偏僻的思想的原野可以奔馳。在幾次尋常的談論中，彷彿各自都掌握了對方思路的密碼也都有信心瞭解對方，而一下子進入了私人的地界。

他們都知道對方的心底都有一個祕密，卻都不急於探得它，他們寧願一步一步慢慢摸索，這探索的本身才是他們的友情建立起來的支柱，至於那祕密，彷彿早已不是祕密，隱約已被對方感知了。

他們只要一杯熱茶，就可以無條件地潛入深藏的心底。父親是鍾意亞樹的，以至於留亞樹在家裡吃飯而自己在廳房忙出忙進。偶然父親興奮起來，就提議兩個人出去散步，本來是來家裡看她的，結果是把她一個人留在家裡，而兩個形同父子的就走出了暗巷。他們會走得遠遠的，繞著河堤走一圈，有時兩個人醉酥酥地晃回來，早已在圓環喝了。起先，她感到詫異，好像父親有意梗在他們兩人中間而有些寂寞，當她自己一個人留在家時。不久，看到父親慢慢地從頹廢中重新有了生氣，在家裡因了亞樹而慢慢和她有了話題，而有一天她看到父親居然在他那稀疏的髮上薄薄抹了一層髮臘時，她畢竟愉快了起來。他們靠著瞭解形成了近乎奇蹟般的醫療，特別是對父親。父親又重新生活了。站在門口，在那破損了的補習班的招牌下，似乎又有了母親在世初初開辦時的英氣了。現在她從學校回來再不用擔心晚飯的菜了，父親早已買好，在前面的補習課開始以前，父親已經把晚飯燒好在桌上了。一道紅燒水豆腐是父親拿手的菜色，那一年，父親雖然沒說出，但是已經把她許配給亞樹是看得很清楚了。晚飯的桌上，經常是三個人一起在談笑中進食，沒有補習班的晚上，父親還會燒著酒和亞樹一起喝，說是父親喝酒，其實他早已失去了酒量，所以到後來，還是由她和亞樹喝得多。

在一個寒流入侵的深夜，父親和亞樹圍著火缽說著。突然之間，他們都抱著不可動搖的信念回到原來時間而使她感到自己被遺忘了。平時他們喚起的回憶讓她產生了慈母般的胸懷，想好好照料這兩個男人。他們野馬般的談天，寬大了她溫暖的心，可是這一次不同，他們突然離開了現在，離開了她，變得遙遠起來，其實當時她已經捕捉不到他們了。她知道將來她落入孤單時，她會想起這一夜談留給她的恐怖，身邊的爐火畢竟抵不過正在窗外施虐的寒流。

起先父親還是帶著沉思的心情，一邊追憶自己的經歷，一邊想與一個氣質相同的年輕人相交。後來呢，父親的臉上突然重新出現了急躁，不能平靜的心使他又蒼老下來，回到以前那醜陋的老人的模樣。

母親生前常說的，早年的父親是一個心平氣和的人。從日本回來以後，還經常為了以前在師範學校闖出的那件事而悔恨著，重新做人是父親隨時隨地記取在心的念頭，他成為一個或許可以說是過於純潔而正直的人，他的願望是能夠回到鄉下的中學做一名歷史教員，那時他已經開始研究啓蒙時代的西洋史，對地中海文化之所以成為近代歐洲精神的神髓感到顫抖般的關切，於是那片海逐漸成了他年輕時代夢中出現的異象，彷彿人間的眞理就可以從這塊海洋的屬性裡挖掘，在感歎著東方的卑陋中，口裡逐漸有了亞細亞的苦悶這樣的論調，這是她從小就聽到而感到似懂非懂的。

父親成了數學教員是光復以後的事。歷史教了兩年以後，因爲國語實在太差，經常詞不達意，或則心中的一番話無法如意吐出來感到焦慮而痛恨自己，於是改教起代數和三角來，一身的熱情漸漸被架空的幾何圖形和方程式的符號緊緊鎖住。他戴上了冷峻蕭瑟的表情。起先以爲那是一個面具，母親說，可到後來脫下來後面的臉也是一樣的嚴冷。人要變成另一個人是多麼容易的啊，只要一覺醒來，就是另一個模樣了。

父親是個憤世嫉俗的人，起先還會破口大罵一番，後來漸漸沉默了下去。在家裡，他雖然平靜，卻異常深沉的某種力量每天都壓在母親和她的身上。自然而然地，他成了從家裡疏離出去的人，雖然還一齊住在一個屋檐下。有時候一道異光從父親的眼中射出，燃燒著異樣的火，而不說話的他，就成了家的一個重擔。

「但是多少人這樣一輩子隱藏著內心的祕密，一直到進了棺材。」舅舅跟母親說。

「或許是有這種人的。」亞樹說。

多少年以後，站在教堂的石階上，看著春雪覆蓋的草地，牧師說：「人一如一場雪，初下的雪是純白可親的，不過幾天就帶上了污泥，放眼望去，像極了人們臉上邪惡的瘢點，看看我的臉。」這時公路上駛過一輛黃色的校車，載滿了一車的小學生，清脆撒野的嬉戲聲，在和牧師毗連的一排藍葉雲杉傘蓋的綠蔭下發出了迸發著生命的震撼。牧師無言了，望著車子駛過去而笑口快要闔不攏了。

報紙上登了一個大學生集團盜墓的消息，令父親突然笑得那麼大聲，好像那是積鬱了多年的笑突然找到了洩洪的缺口，連屋子裡的椽樑都激盪著那不可解的笑聲。

在那外相堪稱爲快樂的家庭，幽靜的窗暉中也照著無以言喻的悲哀。如今十幾年後千里外，在這波士頓的異國的陽光裡，也有著沉著不露的一種機謀，顯示著生活不由自己左右的尊嚴。她並不感到悲哀，她無寧在這冬日才有的溫暖的光采裡，去接近已經爲她安排了的生活。

番紅花從雪地裡掙開了花瓣，陰森教堂裡的牧師的一對灰色的眼睛，在耀眼的陽光下突然不斷眨睞著，不準備再過問人間的痛苦和猶豫。或許妳可以來聽我講道。

妳眼前的是一個有前途的青年，還等什麼呢。其實她早已經不等什麼了。

現在這條被尊嚴佔據的長廊起了一陣從地上的春日的積雪吹來的細光，使得牧師的話聲好似飄蕩在空中。曾經把生命全部的熱誠帶來的這新英格蘭的荒郊，如今已是人種混雜的一個國際性小城鎮了。他站在寬廣的草地上，在煦和的陽光下，教會擁有的地產此刻正可以帶著他心胸隨之開闊地悠然伸展向遠方。好似擁有這空間的就是他，而性格中那種不易被外界牽動的磐石般的穩重也不曾激起一點浪花。

不能想像一個現代青年揹著父親的墓石一步一步穿過白天的鬧街。

他在三重埔打了一塊上好的石碑，提貨的那天，他很早就出現在碑石店，交了錢以後，請店裡的石匠幫忙把父親的碑揹到自己的肩上。車子呢？車子呢？兩個石匠一邊把它提到他的肩上一邊慌張地叫起來。眼看著偌大的石塊要把人壓倒了。然而沒有車子，事後刻碑店的人說——他的母親爲兒子的終於幡然悔過而感到如夕陽般欣慰地說——不能讓他這樣走出去的，會砸下來的，會砸下來的。然而他站立起來，默默跨出了店門，試著壓在背上的石塊的重量，開始邁出了他必然一開始就極爲軟弱的腳步。這不尋常的舉動一開始就吸引了路人的注意。起先人們只是好奇地觀望著，離著幾步遠的地方，跟隨著他。當他爬上台北大橋時，後面已經緊緊跟著一條隊伍，現在人們知道這是一個不尋常的舉動了，有些人喊著，替他打氣，有些人好心，叫他停下來歇一下。陽光煦爛從鐵橋照射下來，人們紛紛議論起來，這是現代都市絕無僅有的奇景，聽說還是一個大學生呢。橋上交通被堵塞了，起先還有人按喇叭，接著人們瞭解了。

幾天以後，他的手心還淌著血時，她可以想像那天，在強烈的陽光底下默默撩破了兩隻手，馱著沉重的家的影子。

李世驊，妳還記得嗎？曾經在警察廣播電臺播放古典音樂的李世驊突然出國了。等到消息傳來，他已在巴黎一家音樂學院攻讀法國號時，這邊的幾個朋友正被調查得嚴重。聽說那是他結交的一位空中之友發生了問題，來源時間是美國紐約交響樂團來台演奏的前夕。大家都在功學社門口通宵排隊買票。由於李世驊的介紹，那晚在午夜以後的街上排起了長龍，大家坐在馬路上閑聊，聽說到了黎明時分，一個小組已經快要形成了。都是古典音樂的愛好者，在蕭士達可維奇第五號交響曲的導引下，大家有了某種默契。

那天晚上亞樹是不自在的，一旦有朋友要成群，他就會坐立不安。亞樹到底是托人替他買票而跟著她離開了午夜的隊伍，或許由於這樣，他才免於出事，而也由於這樣，他又是孤伶伶一個人了。

台北火車站，三輪車直衝進廣場，車伕還沒有剎住車，她就跳下來。如夢般的一陣昏眩，那時她以爲就要失去他。人群裡一張張錯愕的臉孔，望著她，她一定像瘋婦一樣了。

其實那六月皓皓的陽光，廣場上一張張彷彿失眠的臉光早已預告了那一聲碎裂。而當人群往轟響的方向潮湧般移過去時，她卻找到突然冷落下來的角落的路走，以爲他就應該在那兒。這是自己的疏忽。這不是一時的疏忽。現在她以爲這是她長時間的對他的不瞭解。當他的朋友跑過來說亞樹出事時，她直接意識到的是——她惹禍了。是的，她想，她可以不讓他在光天化日之下，在擁擠著的同學面前，做出那樣的事。還不是因爲從此在額頭上留下了一條懸針紋似的疤痕，而是那聲音留下來的摧毀力，不是對他自己，而是對她。然而那時，他和她都沒有想到日後漸漸出現的後果。

被夏日的烈陽照得掰開的嘴，佈著血絲的暈渾的眼白，大學生的那一年，那是一九六一年。

即來那天那灼熱的太陽曬在身上，那片玻璃的崩裂或許是理所當然的。

從訓練中心回來，臉上掛著一條傷痕時，他變得更加沉默了。

對他，那是弒父的印記，在沒有這條印疤以前，他還是偶然會自己叨叨絮絮起來。痛恨生前父親的他，竟向父親的死起了追悔，認爲父親是自己殺害的。直到由他自己的手在自己的臉上掛上了那記號以後，彷彿他才多少平定了他的思纏。

在後車站口被曬得黝黑的皮膚從白色的香港衫下露出來，台階上他一個人彎下身束緊他的帆布袋，亞樹，她站在角落裡輕叫了一聲，他抬起頭來看見了她。等到她知道他的臉上沒有惡感時，她才從角落裡走了出來，她知道他不喜歡人家接接送送的。也就在那後車站的台階上，在九月初的刺眼的陽光下，看見了他的臉永遠掛上了那記號。仔細看去，一條比膚色稍白的鋸齒形的裂痕從臉膛的中央劃下來，彷彿是雲端的一道閃電，從額庭乍現，直劈下來，在鼻樑開始的地方收煞了。那是一條憂鬱之疤，他在那疤記的後面，人更沉默了。那樣悶熱的夏天，烏雲裡充滿了雨意，風是潮濕的，人們期待著，然而在一陣喧亂的車聲中，在十數年以前，那年，雲只是天上零散的補丁，不能匯聚成雨。

那是她完成了大學一年級以後的一個星期六的中午時分，陽光注定了她大學第一個暑假的寂寞。一聲玻璃的碎裂佔據了她整個暑假以至於後來整個大學生活的心思。

他隱瞞著她，等到她知道他們就要出發的那天，她跳上了一輛三輪車，她不知道公共汽車是否比這人踏的車子快，但她對在家門口和公車站之間的距離已感到無力。

三輪車衝進車站廣場時，天空是耀眼的，密密扎扎的人群是完成了大三課程而前去受訓的男生。為了不讓她送行，他隱瞞了出發的日子，從以後的日子她才恍悟到所有類似這樣的日子他都是不喜歡的。那麼你也要瞞著我而離開嗎？後來先離開那個島的是自己不是他。同樣在一個濕熱的六月天，她懷著全身的痲木登上了運送留學生的飛虎包機，在空中她意識到他隱藏在獅頭山某處。在美國的起初幾年，每一想到無言的他，就感到那時在暗中嘲笑著她，直到有一年她在朋友的客廳裡翻開一本雜誌，看到了台北車站在興建地下道的圖片，才猛地想到自己和亞樹已斷了十年的音訊。而台北從畫片中慢慢成爲陌生的城市。

開發中國家的知識分子總是那麼憤懣，在校園裡他是那麼地孤單，而他的名字印在外頭的雜誌上。就在連續看到他的文章而感到一股壓上胸口的重力的作家就要脫穎而出時，他的名字突然在所有的雜誌上消失了。不久連人也不見了。

那是偶然的興致，他被人發現一個人走進了校園，但是那不一定是走進教室上課，而只是他總是要走過一段路，走下一條街，帶著緩慢的步伐，宿命的表情，影子和他的記憶在作對。他穿過人群，所有人都是不存在的，都是夏日午後陽光投下的惱人的影子。

從訓練中心回來，一個星期天的下午，突然他又出現在田園，現在是被曬黑的消瘦的臉，被荒廢後有了點圓潤的臉頰，這時候，他臉上繃緊的肌肉開始鬆緩了下來，好像還俗的和尚夾到第一塊豬肉一樣，他突然綻開的笑容是令人發笑的。那也是他們兩人之間慢慢疏遠的開始，接著她生病了，無緣無故突然病倒了，心神勞損在臉上印出了陰影，她休學了一年。他們見面的機會很少，即使見了面也是爭吵。現在她沉甸甸注視著他而想起了十多年前那場病時，也曾經沉甸甸地注視過到家裡來探她病的他的臉。那時一塊雲朵掠過天空，在地上是留不了一點痕跡的。陽光從雲縫裡掙出來，於是地上又蒸發著柏油味了。

她失戀了，而他從來就不知道自己有過戀愛。他是一個被過去吞食了的人，他不知道戀愛是什麼，他是最合算的。當她這麼想，他是無辜的，現在她仍然懷著懷疑，甸甸地注視著他。十幾年的見識和年紀沒有替她贏得一點智慧，如今她對他還是一無所知。最不合算的是她，遇到這樣的一個人，而這又已成爲過去，當她的腳步踏著音樂的此時，她又能說些什麼呢？現在的現在的現在，如重複的旋律。

十一月的天空，種子紛飛，斜陽照在安靜的老年期的山坡。她想和牧師再談一次，她把車子停在稍遠的地方，自己步行穿過平坦的草地，然後從公墓走到教堂的後門，那是牧師白天起居的地方。

他們走過稅捐稽查處，來到樺山倉庫，寂靜無人的馬路上，斜陽把自己的影子照在前頭，這一條幹線的終點是基隆。

而這一瞬間，她只對目前的一切感到詫異，這目前的種種已經成爲過去。

而這不回家的浪人在一個星期日的晚上在她家的矮牆上站著，來回踱著，不知爬上多少次了，向她的房間扔著小石子。

父親請他進來，被他冷峻的眼光燙到了。他的沉默不帶一點生分，反而是父親有些坐立不安了，從自己的背後，她感覺到他沉默的壓力。這正是把她吸引了過去的一種力量。

「那麼，這就是哲學青年了。」那是對自己早年師範時代的緬懷。

在客廳裡，侷促不安而無法講出連貫的話的是父親。至於亞樹呢，他是不輕易開口的。他瞠視著這初次見面的長輩，叫全個客廳不自在的就是他那雙眼睛了。

讓孩子去尋找他心中的父親罷。他永遠愛不了生他的那個父親的。這孩子是病了，這服藥還得由他自己親手送入嘴裡。父親說。

黑影在陽光裡隱沒。在台灣，他的影子只和台北幾條小街的灰色微光疊合。一出太陽，他就心煩。在四周包圍著災禍的陽光裡，他不以爲那是在普照天下，而認爲那是與他過不去。

後來，後來聽說他也已經在美國了，而她再沒有見過自己的故鄉。

入秋以後，波士頓的上空是單調的，總是無精打采的。樹葉脫落，無感的枝幹伸在灰薄的天色中，光線黯淡，屋裡排列的傢具不發一點聲音。她對所有再也提不起興趣，一切都那麼愚蠢，而自己再不跟著愚蠢，就是跟自己過不去了。一個雨天，她擁被在床上，稀落的雨點打在屋頂上，她凝聚了全部生命的殷勤，想起在台北時，住在日本房子的雨天，而他原是和藹的人，她這麼想，第二天就答應了這門婚事。

答應了以後的日子就更加無聊了，有太陽的日子，整個人被太陽照暖了，也覺得不是。

再見到亞樹時，才記起以前自己是那麼喜歡談心中發生的懷疑，而少女時代的快樂就是和亞樹在一起，以為那種懷疑裡就有快樂的日子。

為什麼呢？詠月問，噢不為什麼，有時眞想痛哭一場就是。

火爐邊一時無話，火苗在劈拍爆響，那麼，她們就是坐在這裡聽這爆響的呢。

一切安靜，夜的時光在流逝，但是他們被堵在那裡，不動了。

天光照明了他踏腳的地方。

她從窗口轉身，拿起大衣披在身上，拖地的睡袍從大衣的下襬露出來。她踏下樓來，打開了大門。院子裡寧靜的黑影躺在雪上。

現在，在別的什麼地方，不會在這裡，遠遠在天邊，在有陽光的地方，豐盛的生活在天空底下形成。對她，那是遙不可及的。從少女時代，就隱隱的期待著的生活，不曾為她迄及。然而她是要結婚了，人反而失去了那種遙遠的期待，她只是一天一天過過來，然後在應該舉行婚禮的一天就去教堂。

剛搬到這棟賃居的公寓時，就在她現在他面前站立的地方，經常聞到隔壁飄來的栗子燉雞的香味，而恨不得痛哭一場才好。那是去年已經過世的史東太太在做法國菜的氣味，在空中飄蕩著食香的台北故鄉的黃昏。對她那也是遙不可及的。那是離家太久了。她這麼以爲。

現在，站在他的面前，方知道這種不安的恍惚是來自他的身上。即使後來她的手已經抓住了他的衣角，她也沒有失去那種無法捕捉的意識。第一次有了這種心悸是在台北車站的前面。那年他念完了大三，中午就喝得爛醉，有人在找他，說他在鐵路餐廳，用頭撞破了餐廳的一塊大玻璃。在黑壓壓的人群裡，她找不到他，是的，她聽到的，她剛剛坐著三輪車趕到了車站，本以爲離開前，他們會碰頭的，然而不，他早已不見人了。她跳下三輪車，衝向車站廣場站得滿滿的學生的人群裡，都是一些陌生的臉孔，還沒有當兵，已經發出了熏人的汗臭。接著她聽到嘩啦一陣玻璃擊碎的聲音，從遠遠的地方傳過來，然後是叫喊的譁然。一個不相識的臉孔，罩在烈陽下，沒有血色，白紙一樣，跑上來說，妳就是亞樹的朋友啦，趕快去，他用玻璃割破了自己的臉。全臉都是血。

她看到他時，火車已經在緩緩駛離月臺，她叫著他的名字，額頭綁著紗布的臉伸出窗外，看著她，也沒看著她，瞪著前方，眼光穿透了她而瞪著遙遠的某處，充滿了對家的憎恨，對遙遠的童年的憎恨。沒有一句話，整個人打著酒嗝，身子被朋友們抓著，怕他翻到車廂外。

她記不得他的手指是這麼長這麼瘦。抓著她的，滲出溫熱黏濕的手氣，那是和深深的眼窩的眼光同時滲出來的。她問他冷不冷，他沒有回答。沒想到東部這麼冷罷？他才說不會，不覺得太冷。他已經洗出布筋的牛仔褲筆直地插在雪地上。我的母親是一個弱女子，他說，不過她是一個不平凡的女人。此外，他憎恨自己的家。

父親，他是一個出出進進什麼事也沒有的人，在門口掛著律師事務所的牌子，向越南輸入一些石灰，想發點那邊的戰爭亂財。

被晶瑩的雪粒吹得瞇縫著眼睛，我不想家，我對家是不留戀的。

專注的凝望，使這世界縮得很小，只剩下他和她了。立在台階的那頭牧師的微笑迎接著她，你不能不懷疑這是他職業上的特有的怡然。

他汗濕的髮。她伸過手去，被他張開的五指根根抓住，一陣辛辣的苦痛從心裡滲出來。

妳願意以這個男人爲夫嗎？牧師突然在頌經般的語氣中有了一些體貼。

他把弄痛的手抓過去，想起在鐵路倉庫的簷沿伸手去採一窩新生的麻雀。那是春天。

而她說，是的，我願意。

謄文者後記

李　渝

《驚婚》手寫本頗完整，頁邊和文內常有紅、藍筆批註，是作者留給自己的編輯指南，多在調動字句段落，添增補延內容，勾勒下文走向等。後邊頁數的行段之間偶然出現空白，為補白而留出。在我的謄稿過程中，更正字面手誤不難，按照批註修輯也還可以應付，不容易的是怎麼處理留白，怎麼根據了筆批的提示，和對作者的文體和思路的瞭解，揣摩出它們若隱若現的原形和原意，而把上下文連貫起來。這部分約佔全文的十之一、二。

《落九花》謄完後，松棻要我幫他把《驚婚》的手稿也打成電腦檔，應是二〇〇五年冬春交替的時際。〇五年五月我去香港教書前，打到了全文三分之一左右的地方，自然是計畫回來後完成它的。七月松棻驟逝，工作戛然中止，以後有很長一段日子無法再看原稿。我將它藏進了一個檔案夾，開始擔心因我的無能它將失落。怎麼也拿不出勇氣，曾允諾的協助也有待落實，這樣又過去了好幾年。精神言行各方面都嚴重失序的時間，我不時跟自己說，這件事必須完成，必須由自己完成。二〇〇九年勉強再啓動，拿起放下停停續續，到底是謄完共五十六頁的全稿。二〇一〇秋我去台大台文所教書，學期結束回來紐約，正値深冬一月，寧靜的季節。打開電腦文字檔，手抄本置放在肘邊交互參照，開始了編輯的工作。這年雪不多，庭院草地不曾枯黃，窗外始終是綠顏色。

從觸目驚心失魂而畢竟能當作一篇稿件冷靜處理，經過了八年，不能算不長。如果說，和文稿的搏鬥就是與松棻的記憶搏鬥，與自己搏鬥，也不爲過。就像小說中的自閉的父親一樣，「在那幕帷的那邊，在那關閉的小屋內裡，或許是把世界看得最清楚的時候了。」在混亂的日子中，竟也是我把世界和自己看得最清楚的時候。

雖是虛構小說，虛構建基於私人和眾人記憶，二者松棻和我共有而同享，例如五、六〇年代的純情和鄉愁，虛無和失落，例如文學院後門春天最早開的那朵芙蓉，中庭台階旁的老黃檀樹，爲院長燒茶水的鋁壺在工友室過道旁的小火爐上冒白煙，上課的時候你可以聽見歐吉桑在庭院裡咳嗽等。這是我們一起成長的環境，庭院外的世界尚未撲來，生命尚未曝露眞相的少年時光。好在文學和回憶究竟不同，回憶固然總是傷懷，文學卻能拔昇回憶，而到底是完成了小說的謄輯工作，無非是我更相信後者而已。

謝謝安民先生和《印刻》每一位朋友的持續的耐心和支持。

〔附錄〕

郭松棻訪談

簡義明（訪問、整理）

地點：紐約郭松棻住所

說明：二〇〇四年二月二十日至二十五日，我和郭松棻的談話經歷六天。記錄的方式，採取對答的形式，有時李渝會在一旁加入談話與補充，我盡量讓這些情境與內容如實呈現。另外，如有需要補充相關資料和說明的地方，則以註腳方式加以處理。

家族記憶、知識啓蒙與台大歲月

簡：我們可否從你更早的身世開始談起，就是你進入台大就讀之前，是在大稻埕生活，你的父親是日據時代有名的畫家郭雪湖，過去談論你的文章中，有一種意見是，你父親的身分和你的家庭背景對你後來的寫作似乎產生過一定程度的影響，在謝里法所寫的《台灣美術運動史》中（頁一一二），曾經寫到你父親學畫的經過，有些經驗和你後來的一篇小說〈論寫作〉主角畫家的遭遇有所疊合之處，不知你可否和我們聊聊這部分？

郭：我一直要到八歲時才認得我父親，因爲他一直在外頭畫畫，二次大戰期間，他人是在香港、廈門、福建等地方活動。等到大戰結束，有一天半夜，我們都在睡覺了，那時是租一個房子在二樓，在太原路，以前日本時代叫下奎府町[1]，台北後車站附近。半夜聽到樓下敲門的聲音之後，母親披上衣服下樓去，在房子的一、二樓之間，有一個門板蓋住，下去時必須把門板拉開，她下去之後發現是我父親回家了，上樓之後又把門板蓋住，然後把我們統統叫醒，那時我們有三個小孩，母親對我們說：這是爸爸。其實更小的時候，大概二、三歲，有些殘存的記憶，就像寫在〈奔跑的母親〉中那樣，我家後頭有棵檳榔樹，父親在我很小的時候會把我揹在背上，這個印象依稀存在，但是否眞的有，我也不曉得。所以眞正對我父親認識的開始，是這樣的經驗。

另外，還有一個回憶是這樣的。我祖母過世的時候，父親那時在日本，母親叫他不用回來，因爲在那裡可以多賣幾張畫，我是長孫，就代替父親進行許多喪禮的儀式，我還記得那時我們雇用一輛卡車，到台大附近山上的墓地，台灣人那時對於墳地沒有規劃，所以祖母下葬幾年之後，當我出國留學之前那一年要去掃墓時，花了很大的工夫才找到祖母的墳。

簡：那時和你父親的交談，是用日文還是台灣話？

郭：我小學只念了半年的日文學校，然後就光復了，只有我姊姊可以使用日文，所以我們的交談是使用台灣話，長大的過程中，因爲我父親一直悶著畫畫，什麼職業都不要，沒錢也沒關係，家裡都是母親在安頓一切，她娘家那邊家境算不錯。我上大學時家裡窮到難以想像，父親沒有正式工作，一年只有賣一張畫，一張畫的所得要養活六個小孩，根本不可能，所以就舉債過日子，用標會的方式過活，但我母親很特別，即使再窮，只要我們小孩

---

1. 〈奔跑的母親〉即據此背景而設定。

想買書，再窮都讓我們買，我那些大學時代念的外文書，很多都是母親在借錢的狀態下買來看的。可是那個時期所買的書，在我出國留學時，就多數被朋友瓜分掉了。那時留學跟現在很不一樣，舅舅當我的保證人，我的口袋裡只有二十幾塊美金，就出國了，剛好那時姊姊已經來美國幾年了，我第一年的學費都是她幫我付的。本來在光復初期，家裡有一棟房子，可是等到我大學時期，爲了還之前所欠的債務，就把那個房子賣掉，又租房在一個小小的地方。我那時已經有整套的祁克果原版的外文書，這些東西貴到超乎你的想像。那時都是跟敦煌書店的老闆羅小如整批整批的訂，沙特、卡繆的書也幾乎買齊。這幾年，我在台灣的朋友曾在舊書店看到我那些大學時期的藏書，還有人特地買回來寄到美國給我。光復初期那幾年，台灣這裡可以買到的好書多得不得了，縱使那時大陸已經失去了，可是從那裡過來台灣的文人還是帶了很多好書過來。紀德、屠格涅夫那時大陸版的中文譯本我都有整套的。我第一本魯迅選集是初二就有，那時魯迅已是禁書。茅盾選集則是高一時用英文版的林肯傳和朋友交換的。紀德的書我最多，都是盛誠華翻譯的。

簡：所以你是在高中念師院附中（即後來的師大附中）時期，才開始大量涉獵、吸收文學的書籍嗎？

郭：那時在附中有一位很好的國文老師，叫李維棻，他有大陸版的巴爾札克全集，全鎖起來，那時這些書也都被禁。

簡：我發現你在出國之前所使用的名字，「芬」這個字沒有下面的「木」字，後來才變成現在我們比較常見的這個「棻」，難道是受到這位老師的影響嗎？

郭：這個改變是在我念柏克萊的時候，我的指導老師陳世驤，他覺得我原本名字所用的「芬」太女人氣了，所以他就建議我加一個「木」進來，變成後來的「棻」，不過這個「棻」後來還是覺得很女人氣。

簡：可以確定大概是什麼時間改名的嗎？

（這時李渝加進來確認時間。）

郭：我是一九六六年先到加州大學聖塔芭芭拉分校，念的是英文系，後來念不下去，太痛苦了，一九六七年才到柏克萊，所以大概是一九六八年左右改的。我後來為什麼沒有念完博士的另一原因是，陳世驤先生後來突然心臟病過世了（一九七一年春天）。他的學生只有一個念完，就是王靖獻（楊牧）。他先在愛荷華念碩士，後來才到柏克萊，那時我還在聖塔芭芭拉，我進柏克萊時，他已經大概念兩、三年了，他比較沒有挫折。

簡：那時如果你有機會完成博士學位，論文想寫的東西是什麼？

郭：想做的題目應該是《文心雕龍》，至於那時爲什麼想做，現在也忘記了。當時要不是出國，我人生大概也就這麼混掉了，不過出國的計畫有些匆促，因爲李渝就要出國，原本台大外文系是希望我升講師之後再出國，可是來不及。

簡：我在訪問李日章先生的時候，他提到那時外文系講授「英詩選讀」的老師生病，所以就找你去代課。

郭：對，那時的老師叫蘇維熊，大概五十幾歲，他是留學東京帝大的，中文講得一塌糊塗，又喜歡講黃色笑話，那時傅斯年當校長，學生、家長去申訴，他生病之後一兩年就過世了，好像是肝硬化轉肝癌死掉了。我覺得他只是中文表達能力太差，不然現在台灣英文系的教授連他的一半都比不上，我那時去代課的內容都是他跟我講的，我剛大學畢業，當完兵回來，什麼都不懂，怎麼會去教書呢？他住在台大醫院時就把我叫去，什麼都告訴我，從英詩的韻律開始，音律學，這是很難的東西，但回想起來，當時去代課其實也是胡扯，亂講。

簡：可否談談你和其他家人的相處呢？

郭：他們都不懂我的文學，我的大姊（郭禎祥）和妹妹（郭香美）都是念藝術系的，可是她們都覺得我寫這些東西是幹什麼呢？只有最小的妹妹（郭珠美）跟我比較熟，她是念中文系的，吳達芸教授的大學同學，但我送她這本前衛的《郭松棻集》時，她也跟我說她看不懂。

簡：你怎麼看自己父親的畫？在〈一個創作的起點〉這篇文章中，我覺得你將父親的畫解釋得很深入、很細緻。

郭：那篇多少還是因爲父親的畫展要舉行，所以寫篇文章共襄盛舉，其實我不是很喜歡我父親的畫，早期的還好，可是光復之後的作品我沒那麼喜歡。所以那篇文章主要談的都是他日據時代的作品。我很少跟我父親交談，我弟弟跟他比較好，直到晚年，我父親虛歲已經九十七歲，才跟他比較親，現在是因爲生病，不然我一年一定會到加州看他一次，以前還在聯合國工作的時候就這樣。如果身體好一點能坐飛機，最先想的就是到加州看我父母親，接下來更健康一點了，才想回台灣。

簡：這邊有一本《郭雪湖畫集》，是一九八九年你父親回台灣開畫展的時候出版的嗎？有不少人在文章裡提到，家中這樣一個畫家父親的背景與淵源，應該對你後來的創作形成過若干程度的影響，在我們前面的談話裡，很驚訝地，你告訴我的卻是否定的答案，能否再多談談你和父親相處的一些記憶？

郭：是。那時是台北市立美術館出這本書的，不過裡頭的印刷讓這些畫顏色看起來太鮮豔了，實際上應該暗一點。〈圓山附近〉這張他總共畫了兩次，我那篇〈一個創作的起點〉是討論書裡面印出來的這張。我父親四、五十歲的時候，曾經有雜誌要他寫一些文章，不過他後來寫不出來，就找我寫，大概寫過三、四篇，至於發表在什麼雜誌，用什麼名字發表，我也完全沒有印象了。大概是我高中到大學這段期間寫的。

至於談到影響，如果眞的有，大概也是無形的。另外一件記得的事，我小學三年級的時候（那年陳儀被槍斃），學校不上課，有一次父親帶我出去寫生，也是到圓山附近，回家之後，父親以爲我畫的那幅是他的，是個素描畫，我就跟他說，這是我畫的。所以我妹妹就說，如果我繼續畫下去的話，說不定也會成爲一個畫家。我念小學的時候，學校的筆記本我不寫作業，經常拿來畫畫，有一陣子喜歡畫一張，第二張也差不多，然後連續畫個一百多張，這樣疊在一起翻動之後，會變成好像電影一樣。畫泰山在水裡跟鱷魚鬥，這都是小學時期的事。還有一次，父親到他關渡朋友家中畫畫，也帶我去了，那是一個半日本式的洋房，從客廳望出去可以看到海，很大，我就陪他在那裡待一個下午。

跟他不能說很接近，倒是我弟弟，因爲他高中沒畢業，大學時期就到日本京都大學讀書，父親那時也住到日本去了，可能因爲這樣，弟弟和他比較親近一點。父親一直對國民黨很失望，終生不學國語，他日常和人說話，只用日語和台語。他年輕時脾氣也比較大，但我母親很好客，有時在家裡燒飯請親戚朋友過來，人少的時候，父親比較能夠接受，太多的話，要看他心情，所以我的記憶裡面，有那種很多人到家外頭了，卻不敢進來的畫面。我是一直要到生病前兩、三年，才慢慢重新和他熟起來，可能是年紀大了，脾氣比較小了。這幾年生病之後，精神的集中力變得很差，不管是看電視，還是看書，都沒有辦法一直定下心來，雖然試著重看一些小說，可是經常翻了一頁之後，也不曉得有沒有看進去，所以正在請李渝幫我打字的〈落九花〉，整理起來就很辛苦。

簡：你的父母親和家人，現在多數住在美國，這因素是否讓你對台灣的懸念不至於太強烈，我的意思是，解嚴之後，你已經可以自由的進出台灣，如果你的親人多數留在家鄉，會不會有可能比較常回台灣？甚至搬回來定居？

郭：嗯，非常有可能。去年，李渝還跟我提到說，我們搬回台灣吧。不過我現在身體可能還沒恢復到健康狀態，尤其是久坐時，腳會麻。可能等到我右半身好一點，可以上飛機了，那時大概會先回去停留一陣子（一、兩個月），如果要長住，可能還要再看看。我中風之前，其實身體已經警訊，就是兩個眼睛會一直眨，大概有四、五年左右的時間。那時以爲是眼睛的問題，所以去找眼科，結果沒有幫我查出眞正的問題出來。

簡：接下來可否談談你和黃華成先生的認識與互動？你曾於《劇場》雜誌中，寫過一篇評論叫〈大台北畫派一九六六秋展〉，這個展似乎就是他策劃的，在前衛版的年表裡也提及你曾在他的電影《原》裡演出，在那個階段你和他似乎有密切的往來。

郭：我從高中時期就認識他，黃華成是我姊姊郭禎祥的大學同學，就讀師大藝術系，大我四歲，我高一時他大一，有一回他來我家，看到書櫃裡有一堆外國文學的書，我記得他曾經提過最欣賞的作家是海明威。他是前衛藝術家，才氣縱橫，我寫過的〈青石的守望〉[2]就是跟他致敬的，因爲他曾於《現代文學》雜誌中，發表過〈青石〉這篇小說。除了這篇外，他還寫過一些在《劇場》發表。他很少用本名寫東西，發表小說時會用「皇城」這個筆名。我記得他當兵之前的那一晚，還曾找我去圓環那邊吃東西，喝酒，我生平第一次喝醉就是那次。大吐、泥醉。

（李渝在一旁補充，黃華成的這篇〈青石〉即使現在讀起來，都非常好。）

《劇場》主要的核心份子是黃華成、劉大任、陳映眞，我是很後來才去參加一些活動，大部分時候還是獨來獨往的。搞沒多久後，陳映眞就退出了。我出國時，黃華成在台灣也弄不下去了，因爲沒有經費了，於是他就跑到香港「邵氏」和一位朋友邱剛健開始弄電影的東西，又過了幾年後，他的前衛藝術性格和商業電影公司格格不入，就又回台灣，後來曾經幫七等生的小說設計過封面。邱剛健也沒當成導演，倒是替「邵氏」寫了一些電影劇本，像《愛奴》這一部。

簡：我們從你的年表中看到，在大學時期就寫了一篇很具分量的沙特的論文，在《現代文學》上刊登，是怎樣的因緣讓你開始接觸這些東西的？

郭：其實都是自己找來看的，自己喜歡，就去敦煌書店訂，高中時期看完屠格涅夫的東西之後，大學眞正進去的是杜斯妥也夫斯基，托爾斯泰反而不親近，但是後來生病這一段期間，杜斯妥也夫斯基反而丟下不看，轉回來看托爾斯泰，直到今年一月二號，又重新把杜斯妥也夫斯基拿出來看，我現在準備重看他的《卡拉馬助夫兄弟們》，這書我大學時就看過了，那時一天跑兩、三次「文星書店」，幾乎不上課的，每天早上就跑去新公園附近的

---

2. 刊於《文季》一卷二期，一九八三年六月，包含〈向陽〉、〈出名〉、〈寫作〉三短篇，後來收於前衛版《郭松棻集》時，被打散刊出，且皆有程度不一的改寫，〈向陽〉的篇幅從一千餘字的極短篇擴充成為七、八千字左右的短篇，〈出名〉修訂較少，但篇名改成〈成名〉，〈寫作〉變動最大，除了題目變成〈論寫作〉之外，字數更是從八千字左右的短篇蛻變成六萬字左右的中篇。

「田園咖啡館」混，「文星書店」現在好像變成「金石堂書局」了。那一帶是我從大一開始混的地區，有一些朋友也跟我一起混，都是怪人，我跟一位台大中文系的好朋友邱豐松常待這裡，混到大學畢業。中午餓了就在附近吃頓飯，再逛書店，累了就回到「田園」，幾乎每天都這樣，在「田園」那裡只要點一壺茶就可以一直回沖，有時混到打烊。當時我看的杜斯妥也夫斯基不是中譯本，是英譯本。大學畢業那年，英譯版的杜斯妥也夫斯基就看過兩次。後來到聖塔芭芭拉留學念研究所時，杜斯妥也夫斯基的東西我已經可以熟到不用看，但是《追憶逝水年華》就看得很痛苦。

這一輩子裡面有一些作家是不管怎麼看，都毫無心得，湯瑪斯・曼是其中一個，以前有一個譯者叫「宣誠」，他專門找德國作家的書來翻譯，尤其是湯瑪斯・曼，像《魔山》我就毫無心得，挫折感最大的則是《浮士德博士》，第二個最沒有心得的作家是馬奎斯，台灣很多有名的作家，像朱天心還有張大春，似乎都很喜歡馬奎斯，但我就是看不進去。他的代表作《百年孤寂》我是毫無心得。一樣是寫得很囉唆的樣子，湯瑪斯・曼我看不進去，但很奇怪，杜斯妥也夫斯基就很有體會。我大學時代哲學系的好朋友孟祥森，也曾經翻譯過杜斯妥也夫斯基的東西。

當時我們那個時代，哲學系教我們的那些老先生，多半從大陸過來，那時已經是上了年紀，並且精疲力竭、死氣沉沉，沒有辦法教我們什麼，我們只好自己找書來看，台灣籍的教授則是日文口音，那時的系主任洪耀勛就是，也是聽不太懂。我初二時就在蘇維熊先生那裡補習英文，所以我的英文不是可以講的英文，不道地，而是念書的英文。

簡：你那時剛考進台大的時候是念哲學系，後來大二才轉到外文系，是怎樣的原因讓你改變的呢？

郭：主要還是因爲蘇維熊教授，其實這兩系在我當時感覺是差不多的。後來替他代課那兩年，第一年比較按照他給我的指示，第二年開始就放比較多自己的想法與心得，蘇先生上課時大部分教莎士比亞，一首十四行詩可能就要上一、兩個星期，在美國一學期大概可以上完莎士比亞七、八個劇本，因爲台灣的學生對外國文學這些東西太不熟悉。那時外文系一班有一百五十幾人，一半左右是僑生，僑生的水平有時英文程度反而比較好。他的考卷也都是我在看，一直看到我後來留學出國。殷海光那時也是這樣，他的學生一班有時兩、三百人。我跟孟祥森很少去上殷海光的課，通常前面兩排都沒有人要坐，但只要我們去，就故意坐第一排，然後把兩隻腳放在桌子上，殷老師不但不會怎樣，下課時還會找我們聊天，台大像他這樣的老師不多。

那時台大外文系有一位老師叫周學普，也翻譯了一些德文的書，因爲哲學系也必須修德文，我也曾從台灣帶來一本他翻的書，叫《歌德的愛力》。跟魯迅很好的一位叫黎烈文，也是在上海很有名的翻譯家，我覺得很不應該的是，台灣後來都會亂改這些從大陸來的老翻譯家的書，都亂改一通，很不妥。有時還會把人家的名字拿掉，故意改些東西，就換成另外一個名字。像《包法利夫人》的譯者李健吾這本也是名譯，可能因爲名氣比較大的關係，就沒有人敢改動。

簡：我在看廖玉蕙與你的訪談時，也提到《包法利夫人》給你的影響，要不要聊聊這部分？

郭：我在台灣時接觸比較多的是舊俄的東西，有些東西是到美國才看的，在柏克萊念比較文學期間念得很辛苦，加上身體其實從初二後就一直很不好，有胃寒的問題，所以那時已經很疲倦了，《包法利夫人》是一直要到四十幾歲時才念進去的。好多東西都是到紐約之後才開始看。胃藥到現在還是一直在吃。

簡：你在大四時發表了〈沙特存在主義的自我毀滅〉這一篇論文在《現代文學》雜誌上，你和白先勇、王文興他們有往來與互動嗎？剛剛聽你說的一些朋友，比較沒有提及他們的名字。

郭：我那一篇在刊登時，因爲沒有多留意，也覺得沒關係，所以註解的部分被編輯刪掉許多，因爲文章編排後，最後一頁只剩下一點空白，所以他們只把可以塞進去的放入，當時本來想還原，可是後來興趣又轉變了，就不想去管它了，我這個人就是這樣，興趣一直在轉變，小學時沒怎麼在念書，就全校第一名畢業，那時要到中山堂去，由市長頒獎。後來考初中時沒考好，差一點考不上，初一在E班，是不好的班，但我有得到獎學金。當時台灣人考初中時比較喜歡考成功中學，因爲台灣人比較多，建中比較多外省人念。我沒考好，是備取進建國中學的。杜維明跟我就是在建國中學同一屆的，他就是那種乖乖的好學生。可是他考大學時，就不考台大，而是去考東海，因爲當時徐復觀、牟宗三都在東海，這算滿難得的事。

簡：你眞正開始念左派的東西，是在讀沙特之前還是之後？出國之前，是否還有一些左派的哲學家與思想家的書是你喜歡閱讀的？

郭：雷蒙・阿宏（Raymond Aron）的東西我讀了一些，他寫的《社會學主要思潮》英譯本在那時就讀過了，這書一直介紹到韋伯。他是沙特的同班同學，雖然他不是左派，一向比較屬於政治正確的那邊，所以他和沙特不太對盤，亦友亦敵。在沙特死掉之前，他們兩個重新交往。他是屬於學者型的，比較沒有創見，但現在看來，他所寫的書錯誤比較少，反而沙特的很多認識是錯誤的。

另一位法國人叫尙考克多（Jean Cocteau），也是他們那個時代的，寫評論，也寫小說，又是畫家，還擔任過一九四六年一部有名影片《美女與野獸》的導演，不過他後來墮落了，吸毒吸得一場糊塗，我那時在台灣也買過一本這傢伙寫的書，他把他這些亂七八糟的經驗都寫在裡面了。

我在大學畢業後去當兵，文學院那時被分配到「政工幹校」去受訓，陳映眞、李日章跟我都是同一梯的，李日章跟我是同一連的，陳映眞則是在隔壁。那時有一個叫易陶天，就在學校裡教我們「匪情研究」，教馬克思，我覺得教得很不錯，所以和他滿接近的。三個月結訓之後，他要我們每個人寫一篇報告，我是寫關於黑格爾的，他看過之後覺得很不錯，在一九六一年底左右幫我把這篇文章投給香港的《人生》雜誌發表，這個雜誌是唐君毅先生辦的，但是文章的題目與內容我早就忘了。那時普通人沒有辦法買到大陸出版的書，但易陶天這種搞匪情研究的有辦法拿到，國民黨那時有個機構[3]，專門提供這些書籍。他有一次對我說，你對理論那麼有興趣，我就送你一本黑格爾的《歷史哲學》，是大陸的中譯本，這個書我還有帶到美國。所以當完兵之後，兩人還有往來，一直到我出國之後才漸漸失去聯繫，後來他好像到紐約的「聖約翰大學」教書。

另外那個時期比較常看的是赫塞的書，他的哲學太簡單，我不太看，但小說就滿喜歡，其中有一本叫《荒野之狼》，表面看起來是小說，其實全部是哲學，我看得很入迷，但是他比較被談起的傑作是《玻璃球遊戲》。這幾年我生病之後，直到去年，在復健的過程中，拿起了他另一本作品《流浪者之歌》的中譯本起來朗讀，每天讀一段，順便做復健的功課，花了好幾個月的時間。這本是一位叫孟祥柯（用筆名蘇念秋，水牛出版社一九六七年版）譯的，李渝讀大學的時候，他是台大外文系的圖書館員。

德國作家眞正喜歡的叫褚威格（**Stefan Zweig**），他那一本《同情的罪》是最有印象的，中國大陸在一九三〇、四〇年代很風靡他，不過他後來跑到南美自殺了。

簡：從你的回憶與分享裡，我覺得很弔詭也很有趣的一件事是，其實你自己在成長的過程，整個人的生命情調和氣質，是和沙特呈現很大的反差的，你說很年輕的時候就覺得生命很虛無、很疲倦，可是沙特這個哲學家讓我們感覺到的是如此激昂與奮發，可否談談這中間的落差？

郭：可能那是一種心裡彌補的作用吧！其實在讀沙特的時候，同時也讀卡繆。卡繆的東西我也滿喜歡，《反叛者》我讀的時候，是兩個不同的英文譯本一起參照著讀的。他的哲學和

---

3. 即現在的「政治大學國際關係研究中心」，根據該機構官方網頁的歷史簡介，郭松棻服兵役那段時間的機構名稱應為「中華民國國際關係研究所」。請參見http://iir.nccu.edu.tw/index.php?include=aboutus&mode=history

文字是感性比較強的，像《薛西弗斯的神話》整本書開場的第一句話就是：「只有一個哲學問題是眞正嚴肅的，那就是自殺！」像這樣的表達，就是沙特比較沒有的。沙特比較理性，比較恢弘，涉獵得也比較廣，可能年輕時候的我，會被這種東西吸引過去吧！

簡：就你記憶所及，你在一九六一年（那時大四）發表在《現代文學》雜誌上的那篇〈沙特存在主義的自我毀滅〉之前，有任何人在台灣發表過關於沙特的文字嗎？

郭：沒有。很多人甚至在那個時候看到文章時就說，這是大學教授寫的。《現代文學》剛成立的時候，我也曾經幫白先勇他們去找過贊助公司，記得那時是去大同公司出資的「協志工業叢書出版社」找他們支持，不過好像沒有辦法，畢竟這是一個文學刊物，又是剛剛創辦而已。

讀大學時有一天，我去逛文星書店的時候，翻到一本外文書，讀到卡夫卡，在那裡看了幾天，很喜歡，後來把它買回去，那時卡夫卡已經過世了，可是台灣還沒有人介紹過他，等到《現代文學》雜誌錢籌得差不多了，準備出版的時候，我就把這本書先借出去，對大家說，如果你們要介紹一位外國作家的話，可以介紹卡夫卡，所以後來創刊號以卡夫卡作爲主題應該跟這個有關。卡夫卡的東西，我最喜歡的是他寫的一個短篇，叫〈審判〉，大約只有六、七千字，我看資料的時候，才知道這篇是他用一個晚上就寫出來的東西。

好幾年前，《現代文學》要重印的時候，那時我已經在紐約，有幾個想要追到底創刊號時用的那一本卡夫卡的書是哪裡跑出來的，很多人都認爲是王文興的，不過我相信，要不是我那時在文星書店發現這本卡夫卡選集，恐怕王文興也沒有讀過他的小說。不過這是小事情。

簡：你和《現代文學》這些比較核心的組成份子之間的關係是如何呢？

郭：就是在籌備的時候，想辦法幫他們募一些經費，至於我自己的個性，是不會想要加入任何一個群體的。都是單槍匹馬，獨來獨往，王文興、白先勇、歐陽子都是我的同班同學，大概只有和他們一起出去旅行過一兩次。沙特那一篇會刊登是因爲我一邊在寫，寫完後就拿給他們刊登。

簡：那你當完兵回來，在台大外文系當助教的時候，他們還有邀請你繼續寫稿嗎？

郭：有，但那時我的興趣在涉獵不同的範疇，對寫東西比較沒興趣，所以就沒有文章在《現代文學》上發表了。不過在寫沙特的時候，本要已經預備同時寫另一篇關於海德格的東西，那時沙特的《存在與虛無》和海德格的《存有與時間》同時在讀，也寫了一些筆記，但後來發現我那時的理解是掌握不了的，就先把它擱下了。後來，那本《存有與時間》因爲傅偉勳要，就把它拿去「雙葉書店」翻印，那時勞思光也曾經寫過一本《存在主義》。其實，存在主義除了比較被熟識的這幾位之外，我在那時還留意到了一個，叫馬賽爾（Gabriel Marcel）。

談到傅偉勳，我就想起年輕時候也讀了許多新儒家的東西，牟宗三、唐君毅、徐復觀的東西都是大一就開始看，牟宗三的東西一直到我進聯合國的時候還在看，不過比較能夠進去的是唐君毅，因爲他的文字文學性比較強。我還記得大一有一回不上課，坐火車一路往南，到新竹、台中、也有到台南的成大去找同學，那時帶在身上看的一本書，就是唐君毅的《人生之體驗》，當我要回台北的時候，記得那時火車上坐在我旁邊的是一位看起來氣質很不一樣的人，像是國民黨高官那種的，結果下車時，竟然看到有樂隊還是儀隊的陣仗來歡迎他，我始終不知道他是誰，但我記得在火車上和他的一段談話，他看到我在讀唐君毅的《人生之體驗》，就跟我說：「年紀輕輕的讀這些幹什麼呢?沒有用的，讀一些實用的東西比較好。」他哪知道我那時心態上已經不是年輕人，衰老、虛無的不得了。

還有一位叫程兆熊的，剛到美國時，還帶了他兩本書，他兒子有一位叫程明怡，以前也是參與過保釣，一開始好像是在威斯康辛麥迪遜校區，我到紐約之後，和他彼此熟識，不過他後來從商，還在紐約這裡開了家有名的百貨公司。

簡：所以你大學時代到出國之前這段時間，比較常接觸的還是以歐陸爲主的哲學，社會學和馬克思主義的東西是一九七〇年代保釣運動之後才慢慢補充的？

郭：對，可以這麼說。保釣運動後，覺得單純的思辨已經不足以面對和解決世界的問題，所以就把興趣轉移到馬克思主義和社會學的東西。英美的哲學我很不親近，邏輯這一派的我進不去，英國的經驗主義休姆還好，美國的哲學家就是實用主義這一派的杜威可以看進去。倒是美國的散文家有幾個比較喜歡，比如愛默生，翻譯還是張愛玲的好，何欣的版本學術味道太重，文采不夠。威廉・詹姆斯的東西經由葉新雲的介紹之後，也開始看，他有一本《宗教經驗之種種》，裡面有一章就是在談如何成聖，觸及托爾斯泰。另外一個美國作家霍桑，也是滿喜歡的，《紅字》當然是他的代表作，不過我最喜歡他的是短篇小說，像鬼故事那種的。

柏克萊時期、保釣運動與哲學的探尋

簡：一九六六年你剛到美國的時候，感受到的社會與文化氛圍，比如說反戰、黑人民權運動等，對你後來投入保釣運動，有無形成任何作用或影響？

郭：我剛到美國的時候，是在舊金山機場降落，先到UCLA找李渝，和她相處幾天之後，才從UCLA搭學校專車到聖塔芭芭拉報到，我起先在聖塔芭芭拉那裡念英文系。開學第二天，就覺得怎麼搞的，校園裡面一堆人在遊行，才知道他們在反越戰，學生都不上課，有的教授也在外頭演講。我在那裡兩學期，這種場面經常看到，引發了我的好奇，出國前在台灣因爲念存在主義，早就對現實不滿，那種壓抑的感覺帶到美國這裡來之後，遇上這些事件，當然會很有共鳴，覺得政府當然是可以反的，知識份子是必須行動的。

後來轉到柏克萊就讀後，才發現，原來這裡是美國反戰的大本營，每天中午下課的時候，到校門口一看，黑豹黨經常在那裡示威，他們是很激烈的組織，反對美國政府將他們黑人同胞送上戰場，當然這是比較激化的黑人民權運動，他們是拿槍的，要革命的，總部就在柏克萊和奧克蘭附近這一帶。也經常可以看到法蘭克福學派那位馬庫色，就在校園裡面演講，我大概看過他超過十幾次，可是他德語口音的英文，大概沒有幾個人聽得懂。在這樣的因緣之下，就愈來愈強烈地感受到，美國眞的是世界最大的帝國主義，一直到今天都是如此，怎麼會把人家阿富汗、伊拉克說打就打，霸得一塌糊塗！那時的越戰更是，美國以爲自己是世界的警察，就到處出兵。所以，釣魚台事件起來之後，反戰的這些感受，連帶地把台灣帶出來的不滿，一口氣宣洩出去，就開始搞保釣運動了。原來書本就已經念不太下去了，遇上這些事情後，整個人就愈來愈激烈，因此，我在遊行場合上的演說，才會主張要打倒國民黨政權。

簡：在運動的策略上，你們有討論過或辯論過，在打倒國民黨政權之後，接下來怎麼辦呢？是換誰上去執政，領導台灣？還是就走上你們後來主張的統一運動？

郭：是啊，那時對共產黨有一種寄託和幻想，所以你說的沒錯，我們主張要把國民黨推翻之後，是想要走上民族統一的道路，所以我一直沒有台獨的思想，後來才會在《戰報》第二期上面，寫出〈台獨極端主義與大國沙文主義〉這樣的批評文章，當時美國的台獨陣營有不少人跟我接觸，希望我能替他們做一點事情，可是我那時的選擇與想法不是那樣的。

簡：把「保釣運動」和「五四運動」銜接起來這個主張[4]，是你個人的意見影響了大家，還是集體討論之後的結果？

郭：當時這個意見的形成過程，我已經沒有太深刻的記憶，不過它應該不是一個個人的、孤立的意見而已，大概是我們很多次開會、討論後的集體意見。

4. 那場有名的保釣遊行演講，郭松棻上台發表的題目就是〈「五四」運動的意義〉。

簡：在保釣運動之前，你剛說美國校園的反戰文化給你滿大的衝擊與震撼，這個時候有沒有什麼書或知識，是在這個時間點上特別影響你的？

郭：課堂上的書都跟這些無關，都是我私底下自己去吸收與閱讀的，馬庫色的書當然會去看，柏克萊的學生運動，他們的領袖也會散發許多小冊子，但這些意見領袖現在都沒有人記得了，風潮過去就過去了，法國學生運動也是這樣，沙特的東西會留下來，當然是因爲他的思想不僅僅只是運動的產物，在之前、之後，他的哲學一直在發展，雖然在運動當時，他也是常常上街頭發傳單，不僅是校園，連巴黎街頭都去，不僅是大左派，還是大毛派，毛澤東對於一九六〇年代很多左派知識份子來講都有一種精神的吸引力。

簡：接下來的問題，想請你回到保釣時期的寫作和行動，手邊這一篇文章〈阿Q與革命〉是在你年表上沒有出現過的，發表在《盤古》雜誌，筆名叫「鐵曇」，可否聊聊這個部分？

郭：《盤古》是香港的雜誌，前後大概有二、三十年的歷史，中間換過很多主編，這一篇的筆名爲何叫「鐵曇」，老實說我已經忘記了，那時年輕亂取的。這篇〈中國近代史的再認識〉則是手寫的，發表在我和唐文標創辦的《大風》創刊前身，叫《大風通訊》上面，那時根本沒有錢，不要說打字，連影印都很困難。

一九七一年初，越戰的示威在美國校園搞得很厲害，柏克萊校園經常煙霧瀰漫，有幾次我在教室考試、上課的時候，外面正在舉行一些遊行、抗議的活動，有些比較左派的學生開始佔領學校，校方有時還答應學生說，你們想開什麼課就讓你們去開。那時許信孚、周尚慈、劉大任和我，就共同開了《中國近代史》這門課給大學生上，我們幾個只有劉大任是博士課程修畢，但是當時他很忙，每天從柏克萊這邊到舊金山市區辦報紙，名字叫《華聲報》，這是一份正式的報紙，和一位叫「黃三」（李敖朋友）的人，一起辦這份報。因爲劉大任這麼忙，所以課程就丟給許信孚、周尚慈上，我只有上過兩次，有時就進教室坐著。許信孚、周尚慈是香港僑生，所以英語好一點。這門課只開了一學期就沒有繼續了。一九七二年九月我就到聯合國去了，那時他們聯合國官員是跑到柏克萊來考我們，也不是每一個留學生都能參加考試，主要還是我們這批弄過保釣的。

簡：所以一九七二年九月之後，你就從西岸遷移到紐約了？

郭：對。你看到的這份《戰報》第一期，是在一九七一年一月二十九日保釣第一次示威運動後發行的，那時李渝跟藝術史同學和老師高居翰東岸看收藏去了，我留在柏克萊。那個時候，我在街頭演講，現在想起來都覺得瘋狂。還記得有一位老先生叫史誠之，他本來是香港「友聯出版社」（做匪情研究的）的觀察員，後來友聯結束之後，就跑到柏克萊的「中國研究中心」當研究員，他有一天建議我們，《戰報》應該要定期辦，變成常態性的刊物，他說我寫的這篇〈棒打自由主義者〉是「五四運動」以來最好的文章。

簡：當時你們運動的一些過程，或者在街頭遊行、演講的一些畫面有保留下來嗎？

郭：有，還曾經有人拍成紀錄影片。

簡：這個影片有留給你們嗎？

郭：沒有，就放過一兩次。那時就不覺得弄成這些紀錄有什麼重要的，運動過程大家都很嚴肅，也很激動，會覺得拍這些東西是在幹什麼呢！保釣那段期間我跑過四、五個大城市，芝加哥、威斯康辛、底特律都去過，跟各地的保釣朋友開會，芝加哥去最多次，不過那裡的行動比較溫和，不像柏克萊這裡那麼激烈。芝加哥那裡出最大力氣的叫林孝信，《科學月刊》就是那時辦的。那時中國剛進聯合國，有所謂「乒乓外交」，第一次比賽就在威斯康辛，我也去參加。

關於釣運轉向統運，我的看法就是從柏克萊這裡開始的，其他美國各地或者大學，在之前雖然也有一些團體，或讀書會，但是把它變成一種接下來運動的號誌與信念，是從柏克萊開始的。

〈這時我們在翻閱一批保釣時期的地下刊物，李渝幫忙確認不同刊物的發行時間，她說

《戰報》只發行兩期，《戰報》第二期曾經寄到台大過，就是把一本電話黃冊的中間挖空，把《戰報》藏進去。接下來才是以《柏克萊快訊》的名字發行。）

第二期的《戰報》毛澤東有看到，周恩來也有。那時取這名字的想法是，宣戰的時間到了。《戰報》多是在劉大任的學生宿舍做的，跟傅運籌去，半夜都不睡覺，忙到早上才回學校上課，所以希臘文都學得亂七八糟的。李渝則是在忙話劇。

第二次要示威的時候，應該是一九七一年四月，在灣區的一個公園舉行，那天早上一到，發現公園裡到處貼滿了詆毀我們的海報和標語，說我們是和共匪一起的，這應該是國民黨收買當地的華僑流氓充當打手。遊行的時候還被這些流氓打，我的脊椎還受傷。我第二次沒有上台演講，稿子寫好了，請人上去唸。

一九七二年九月我到紐約前一天，家裡惜別聚會，來來去去大概有一百多人，那天我母親剛好也在，她做壽司，李渝則忙著煮菜（李渝這時插話說，我沒有做菜，只有包餃子，可是不知道來的人這麼多，統統沒有吃飽），大家都待到很晚。我到紐約幾個月後，李渝才過來。這段期間我們在柏克萊的居處曾經有人闖進去過，翻東翻西的，不曉得是美國派來的情治人員還是國民黨派人幹的。

我取得碩士學位之後，保釣之前，開始養熱帶魚，到紐約之後，買了一個一百二十加侖的大魚缸繼續養了好幾年。

簡：爲什麼會想養魚？

郭：熱帶魚很好看嘛！那個亮光、顏色一閃一閃的，有著讓你難以想像的美麗。

簡：李渝老師昨天跟我提到，你年輕時在團體、在運動現場講話是非常華麗，語言是很有特色的，這種特質應該滿適合站在講台上。

郭：鄭鴻生的那本《青春之歌》也有提到這些說法，說我演講起來很有煽動力[5]。但是我口齒不是那麼清晰，不過，即席性的演說確實是可以的，那個階段常去各大學、各個團體演講，到後來我甚至可以在都是台灣人的場合，用很純熟、文雅、不俗氣的台語全程講保釣運動這些事情，我的長輩們都會講很文雅的台語。

簡：你還記不記得在雷驤拍的張愛玲紀錄片裡，你有一段在影片結尾的談話，也是非常漂亮，把整個張愛玲的人傳神地表達出來[6]？

郭：不記得了，幾乎沒有什麼印象。在和張愛玲幾次有限的見面記憶裡，因爲她上班時間是下午才進辦公室，幾乎都不和人打招呼的，一閃就進辦公室，至於晚上什麼時候離開，我也不曉得，有幾次中午時間在街頭看到她，都會覺得怎麼會有人身型如此瘦薄？能夠比較接近的看到她都是在陳世驤先生的餐會場合。

（此時，郭松棻拿了他在柏克萊讀比較文學博士班時的筆記本出來，回憶了上課的片段。）

郭：陳世驤老師的班上因爲有洋人，所以選讀的文章和材料有些是我們在台灣中學就念過了，於是我們這些學生，老師就規定課前必須要把那些詩和文翻譯出來，有些是非常有名的詩，可以找到一些英譯，有些則要自己翻，即使是那些有人翻過的，老師也會要求我們再做修改，所以那時對於詩句、文字的咀嚼是非常仔細的。一九六〇、七〇年代美國的文學系流行的是「新批評」，因此這些東西我們都上過。

簡：你出國之前就已經念那麼多沙特的東西，這樣如何接受「新批評」主張的文學觀念呢？

郭：那時當然有些排斥，無法接受，可是後來回頭去看，慢慢覺得「新批評」也是滿了不起的一個運動。

---

5. 出處在鄭鴻生，《青春之歌》（台北：聯經，二〇〇一，頁一一六的註一）

6. 這段話是這樣子的：「我從窗外望過去，剛好看到張愛玲在過街，非常的單薄，我記得她穿的是很老很舊的旗袍，米黃色的，身體幾乎已經沒有重量可言，從海灣吹過來的一陣風，從背後趕上她，把她吹過去，好像一片落葉一樣，把她吹過了街，這股風把她吹過街的時候，她同時也踏入了她的傳說。」（「作家身影十三：張愛玲　孤島上的閃光」台北：春暉國際，四十八分一秒至四十八分三十八秒）

一九六六年我到美國，在聖塔芭芭拉念了兩個學期之後，就沒有錢了，姊姊也沒有辦法繼續幫助我，我就跑到洛杉磯打工，在餐館，一開始他們也不讓我當服務生，只能當那種人家吃完飯時收盤子的，因爲你沒有經驗，人家不放心。這個工作大概做了九個月，那時就一邊申請柏克萊的比較文學系了。一開始陳世驤叫我念完聖塔芭芭拉的碩士再來，可是我已經完全沒興趣了，就直接過來了。陳世驤給了我獎學金，兩百多塊美金一個月，從此生活就比較沒有後顧之憂了。還記得有兩次陳世驤先生請學生吃飯的時候，張愛玲也在座，不過她都不太講話，頂多就是跟陳先生聊一聊。我們幾乎都沒跟她說上話。

（李渝補充說：陳世驤老師非常關切這些學生，從台灣來的留學生都受到他很大的照顧。）

簡：除了《大風》、《戰報》、《柏克萊通訊》之外，你們在柏克萊的這群保釣運動者還有沒有辦其他刊物？

郭：沒有。一九七二年九月到聯合國工作之後，也曾經參加紐約這裡的相關活動，但是很難融入這裡的團體，山頭主義很嚴重，現在回想起來，到紐約之後的保釣活動是浪費了，那時下班之後到處開會，《東風》第一期是我和唐文標弄的，後來好像就搬到紐約這裡弄了，再後來我好像就退出編務，只寫文章了。

保釣運動勢力的消退，跟一九七二年尼克森要訪問中國這件事情有關，那時，大陸和台灣在聯合國的代表權已經互換了，大陸當局當然歡迎尼克森訪問，本來我們是要在他出訪之前搞一個抗議活動的，可是被那裡的力量給壓下來，叫我們不要惹事，其實這件事預告了後來保釣運動的不單純，有些政治和利益的糾葛已經慢慢進來了，演變到後來，好像你比較聽話的（配合大陸當局的活動或命令），就可能有好處，比如日後讓你擁有一個機會成爲某種商業進口的貿易商。後來，紐約的保釣團體也開始亂鬥你，因爲這樣，我和李渝就漸漸無法再認同、參與這些活動了。

簡：在廖玉蕙那篇訪談裡，你提到在那個階段，有兩本書一直沒有整理出來，是哪兩本呢？

郭：一個就是那本《歐洲共產主義與國家》的翻譯，另一個就是陸續寫了幾篇的沙特與卡繆的論戰，不過，現在的想法剛好反過來了，那時會認爲沙特比較有道理，思想體系比較龐大，現在的想法是，卡繆在文學上的成就比較大，他雖然也只有幾個簡單的概念翻來覆去，但翻得很深刻，很有道理。我在廖玉蕙的訪談裡，雖然說沙特的文學是二流的，哲學現在看起來也是二流的，可是放在台灣的脈絡裡，恐怕是趕也趕不上。沙特在晚年想寫三大本福樓拜的評論，可惜沒完成，其中有一本想專論《包法利夫人》。沙特中年以後轉向左派，寫了《存在與虛無》、《純粹理性批判》，這些我都是透過英譯本吸收的，他有很多東西都是西蒙波娃幫他整理的。

簡：你剛提到對沙特的想法，目前和過去已經有很大不同，這些意見後來有寫成文章嗎？

郭：沒有，不過有機會的話，我可以讓你看一下我抽屜裡的讀書筆記，都是那時候念哲學所寫的東西，大概是一九七〇到一九八〇年代初期所寫的，但是開始寫小說之後，這些東西就放著了。我在台灣就買到《存在與虛無》英譯本，當助教時就一直看，我一直覺得在台灣只有兩個人好好看過這本書，一個就是傅偉勳先生，他那時剛回台灣教書，我和李渝都有去聽過他上課，不過，他的興趣也是很廣泛，浮浮的，我不是很同意他文章中的某些意見，比如他認爲沒有沙特就沒有西蒙波娃，這個我是不認同的，像《第二性》就不是沙特可以寫出來的東西，他還有一個背景可能也是讓我們無法深交的原因，他哥哥在二二八事件期間被槍斃，所以傅先生性格中有個比較黑暗的層面，這部分是外人比較不瞭解的，可能是因爲如此，我們雖然認識，但一直無法深交。

我剛到美國時，口袋裡只有二十幾塊美金，那時在街頭亂走，逛進書店後，又用了十塊美金買了《存在與虛無》。那時在聖塔芭芭拉念英文系非常辛苦，趕不上美國的學生，李渝當時則是在UCLA念電影，只有在放假時，她來找我一兩天，或有時我去找她，度過一段艱辛的日子。第一年修了兩門課，都只有B，很糟糕。所以我第二年就到柏克萊跟陳世驤念比較文學，他還給我助教獎學金，幫忙教中文，那時上課的人是鄭清茂。一九七〇年十二月，保釣運動一來就開始捲進去，沒有兩個月，我當時已經沒有必修課了，可是要準備考試，需要四國語言，法文亂考，要不是考題是用陳世驤的論文，要我翻成法文的話，我也是通不過的。不過那時學校太亂，柏克萊又是美國大學裡的造反中心，我還記得在考筆試的時候，校園正在舉行示威遊行，我是在煙霧瀰漫的教室裡考試的。那時還有修希臘文和日文，不過後來開始辦《戰報》之後，晚上都不睡覺，根本沒有精神去上課，所以希臘文也退掉了。等到陳世驤先生過世後，我大概就準備放棄學位，出去找工作了。如果他那時沒有突然去世，我也許會拿到博士學位，畢業後在一間小學校教中文，那樣侷限性應該會很大，跟現在完全是不同的人生。

陳世驤過世時，剛好大陸是文革期間，因爲江青的政策，像我這樣背景的人才能進聯合國工作，一方面當然也是因爲那時在美國沒有什麼大陸出來的留學生，不像現在，聯合國裡幾乎都是大陸來的人了，像我和劉大任這樣的人已經極少了。

簡：不過我看劉大任先生的文章有談到，你們這幾位也曾經考慮過到底要不要進去聯合國工作？

郭：是已經進去後，我自己曾經很多次想要辭職，但困惑了幾年之後，就認了，因爲也不想拿學位了，加上我這種浪子的個性，東晃西晃也不知道會幹什麼，所以後來繼續待在聯合國應該是救了我，讓我比較規則的生活，才有機會寫作。

簡：保釣運動結束後，你進入聯合國工作期間，曾在《抖擻》寫了一系列關於卡繆和沙特論戰的文章，我在讀的時候，隱約覺得你之所以想處理這個議題，應該不單純只是學術方面的興趣，似乎有藉此喻彼的企圖，也就是說，表面上你是在談法國知識界的論戰，事實上，你想要反思的社群是台灣和大陸的知識份子，可以這樣說嗎？

郭：我在寫殷海光這一篇〈秋雨〉的時候，大概就有你說的這個味道了，沒錯，保釣結束之後，我雖然轉到思想史的範疇讀書和寫作，但是我不可能成為那種純知識興趣的學者，我的工作也不是，所以寫沙特和卡繆這一系列當然有著連結現實的關懷，可是那樣的關懷究竟是「什麼」？其實不一定有一種簡單的指涉，你應該會發現，我在《抖擻》上有一篇文章，前後寫了兩次，就是〈戰後西方自由主義的分化——談卡繆和沙特的思想論戰〉這篇，第一次（一九七四年三月，《抖擻》二期）寫的時候批評了卡繆，第二次（一九七七年九月，《抖擻》二十三期）寫的時候，就對卡繆有比較大的同情。

簡：不過這系列的文章好像沒有完成，在你原本的寫作計畫裡面，是想要以一本書的規模寫完這個主題嗎？

郭：沒有，我對出版啊、出書，後來都很不以爲意，我到現在還是覺得不必要，自己心裡會感到很虛，甚至後來認爲文學啊、藝術啊是沒有必要的，我認爲中國以前有一句話說的很對：「行有餘力，則以學文」（《論語》）。什麼專業作家！在這個時代已經沒有這個條件了，台灣更是。日本在早年有過幾個這種靠寫作就得以致富的作家，像三島由紀夫甚至可以在半山上蓋一個別墅，希臘式的，推理小說家松本清張有一度甚至是全日本收入最高的個人，那眞是日本作家的黃金年代，現在大概都過去了。所以我認爲行有餘力之後，再去從事文學、藝術這些事情在這個時代才是對的。

我最佩服的作家還是福樓拜，不必多，一輩子塗塗寫寫，改來改去就是那幾本書，現在傳世的就是《包法利夫人》和幾個短篇。

簡：如果從你在《抖擻》發表的那本翻譯書稿《歐洲共產主義與國家》最後刊登的年代（一九七九年三月）開始算起，這時離你正式開始重新發表小說（一九八三年），大概還有三、四年左右的時間，可否請問這段期間，你的閱讀與書寫的興趣是在哪裡呢？

郭：我記得《歐洲共產主義與國家》這本書的最後兩章我沒有譯完，這本書是一個西班牙人寫的，因爲後來的興趣轉變了，覺得無力再去做整理了，《七十年代》雜誌的主編李怡曾經想幫我把這本書在香港出版，他並告訴我，大陸那邊已經有另一個譯本，不過還是可以把我的譯本印出來，比較一下誰譯得好，但當時我已經完全沒有興趣了。而且我手邊資料也不完全，可能要拜託香港浸會大學的校長吳清輝先生，幫我尋找資料，他當時也是《抖擻》的編輯之一。

簡：是怎樣的動機與選擇讓你找上這本書來翻譯呢？

郭：那個年代只要是跟左派有關的東西我都會找來看，甚至連蘇聯海軍的書我都找來翻譯和研究，我曾經在香港的《盤古》雜誌寫過關於蘇聯海軍的文章，不過我已經忘了是在哪一年哪一期發表的了。

簡：可見你那時應該有很多寫過的文章，後來是沒有放進前衛版的生平寫作年表的。

郭：對，因爲覺得那些沒什麼，不重要了，加上後來生病，要不是你這次來找我，我請李渝把地下室的東西拿上來讓我重新翻過，我根本已經忘記這些寫過的文章了。現在回想起來，一九七〇年代後期的興趣應該已經慢慢回到文學的路上，雖然我一直到一九八三、八四年才重新發表小說，可是前面這幾年的時間應該都是在準備，我很慢，而且左派的東西不是說斷就斷的，共產主義在歐洲和全世界都有不同的發展，我搞這些搞很久，要出來必須經過一段長時間的狀態。我前幾天才把智利這方面的資料全部丟掉，大概有兩大箱，因爲我想我不可能再看。智利在一九七〇年左右，曾經民選過一個左派總統阿楊德（Salvador Isabelino Allende Gossens），那時我已經開始在聯合國工作，他曾經到過聯合國演講，可是沒幹幾年，大概就是一九七三年年底左右，美國就派CIA進去智利把他暗殺了。

簡：有沒有什麼關鍵性的因素，讓你確定要先把這些左派的東西擱下，重新回到文學的道路上？

郭：沒有什麼具體的，我相信對那些東西的熱情早就沒有了，不過因爲我的個性是要把一個東西清理得透透徹徹的，不然不會輕易地罷休，所以花了很長的時間去念那些馬克思的東西，否則那時，全世界的左派運動早就退潮了，一九八一、八二年，美國這邊出版的左派的書大概也是最後一批了。加上本來文學就是我以前的興趣之一，所以很多東西就是這時重新拿起來看的。

像《包法利夫人》這本書，是我以前大學時代不會想細看的，那麼頹廢，寫愛情，迷戀的小說那時吸引不了我。直到一九八〇年初期重看李健吾的中譯本之後，覺得眞是了不起的一本小說，而且直到現在它還一直留在我的腦子裡，有些書你雖然看過去了，但它不一定會留著，但這本書不一樣。像我這種曲曲折折的路，比較像紀德這種作家，很辛苦，覺得做一個人或怎麼看一個人都很不容易。

簡：走上文學道路後，你對歐陸哲學後來的發展，還會繼續保持關注嗎？

郭：也是有，像傅柯、德希達的東西也是都有買來看，只是不會像年輕時投入那麼大的心力在哲學上了。

簡：一九八二年，在香港《七十年代》雜誌主編李怡訪問你的文章中，你談到了那時正在研讀的左派理論家，也說到了在訪問你的前一年，你的精神方面有衰弱與失眠的問題，這樣的病徵在後來持續影響著你的生活嗎？

郭：我四十歲（一九七七）之後，這種精神方面的疾病總共有三次，有兩次是比較嚴重的。一九八〇年代末期，大概是一九八八年底到一九八九年夏天這段期間，我患了嚴重的憂鬱症。我每天從聯合國下班坐火車回家的時候，抵達我家附近的小車站，就會先走到出車站附近的小河旁邊，經常就待在那裡一個鐘頭，心裡悶到極點，會一直哭一直哭，直到心情稍微獲得釋放之後，才慢慢走路回去。後來，李渝勸我到亞利桑那妹妹那裡住一陣子，改變一下生活，於是，我大概在一九八九年三月左右過去，這個嚴重的精神問題才慢慢獲得改善。

至於那些左派理論家，現在幾乎都被我丟掉了，上個禮拜才把阿圖塞的東西都清掉，我健康慢慢恢復之後，大概已經陸陸續續清掉了四百多本書，因爲就覺得不會再去碰了，不需要了，阿圖塞的東西對我來說也是生硬了點，法蘭克福學派當中，比較讀進去的是馬庫色，他那本《單向度的人》影響了很多那時的年輕人。至於文學理論我一向不親近，大概只有盧卡奇的東西比較能瞭解。

簡：你覺得一九七〇年代世界各地的左派運動後來急轉直下的主要原因是什麼？

郭：我想主要是經濟，因爲西方主要強國經濟復甦以後，左派就失去了反抗的著力點。人溫飽了之後，就沒有了戰鬥意識。我應該是很不適合搞政治運動的那種個性，那些因緣際會讓我踏入了保釣運動和隨後而來的左派探索歲月，現在回想起來，都是空的。

簡：一九七四年的中國之行，應該是你人生當中一個很大的轉捩點，尤其是對中國現狀的重新認識與情感的幻滅上，李怡的訪談裡也有說到這部分，不過你的回應比較簡略，回憶的部分更是比較缺乏，可否請你比較詳細的描述那次中國之行的經驗？

郭：當年搞保釣的時候，就有一次機會到大陸去，那時中國政府剛取代台灣的蔣介石政權，獲得聯合國的代表權（一九七一年十月二十五日），於是就有那裡的相關人員詢問我們是否願意到大陸去訪問，我和劉大任都覺得運動正在如火如荼的階段，並不適合離開，所以就婉拒了這項邀約。一直要到我進聯合國工作後，在一九七四年七月，因爲聯合國給予我們每兩年可以有一次長休的假期，我才利用那個機會，帶著我父親和李渝一起前往大陸訪問。我父親因爲年輕時在福建那一帶畫畫，也已經很久沒有到大陸，所以想再去看看。我是先到日本去接他，他那時已經定居在日本了。從日本飛到香港時，我忘記先在日本辦手續，所以在香港降落時差點沒法進去，還好有《抖擻》的朋友，就是目前擔任浸會大學校長的吳清輝，幫我們跟海關說通了，才能順利通關，進中國之前先在他香港的家待了三天。

進大陸時先到深圳，那個時候文革還沒有結束，很多檢查與詢問非常不合理，我總共在深圳那邊的通關處待了三、四個小時，被仔細地盤問，調查你所有大大小小的身家背景，他們看到我有中國的護照覺得很好奇，不斷問我怎麼會有這個東西，於是我就跟他們解釋，因爲進聯合國工作之後就必須得放棄台灣的護照，所以這次要來大陸訪問，就去辦了中國的護照。可是他們還是百般刁難，輪流盤問，但最後還是讓我們進去了。接下來從深圳出發搭車到廣州，到那裡之後又被當地的人員誤解，因爲前不久可能才有另一團聯合國的人來訪問，所以他就對我們說，你們不是剛走嗎，怎麼又來了？於是，我得跟他們解釋這次的訪問是個別性的，和其他團體無關。

後來我才曉得，我的資料在北京那裡，沒有按照時間順利地寄達到深圳和廣州這些地方，不然北京承辦我訪問的人員是我在聯合國的同事，他怎麼會不曉得我的背景呢？所以我又在廣州市耽誤了三天。在廣州時，吃飯要跟大家搶飯。我們在廣州那裡待的三天期間，看到了很多令人衝擊的畫面，街頭上有很多魯莽的行為，有時還受到言行的騷擾，文革根本是不要文化的，不讀書的，只要毛語錄就夠了。

北京的消息到了之後，他們才對我們道歉，比較友善。三天後，我們就坐飛機直奔北京。抵達時，旅行的全程就有兩個專門招待的人陪同，參觀各種他們安排好的景點。一天裡的行程大概是這樣的，早上先參觀一個工廠，中午吃完飯以後會休息一個小時，下午再去參觀、開會等等，晚上吃完飯才回旅館休息。吃飯都是要用糧票，配給的。

北京市區參觀得差不多之後，就開始帶我們往外面跑，最重要的參觀景點是「大寨」這個農村，這地方可以說是毛澤東弄出來的大樣板，當時劉少奇沒被鬥垮之前，也弄了一個農村當樣板，都是一樣的。他們用這個要讓外界以為，確實可能達成無產階級專政，老農民們都可以幹上共產黨的高級幹部，大寨的頭頭後來還幹上了全國的副主席。那時，剛剛看到這些場景還滿興奮的，也待在那裡一段時間，雖然心裡也曉得這些東西是搞出來的樣板，但當時還是能接受。

後來就繼續往其他地方跑，上海、南京等城市，一些歷史景點都去了。其中有些東西一看就知道是故意弄的，作假的。比如到南京時，看到共產黨早期的照片，有一些人的樣子被塗掉了，挖空了。因爲在鬥爭的過程中這些人失敗了，被鬥垮了，就被後來這些得勢的人給抹去，這完全是模仿蘇聯的，托洛斯基失敗之後，所有他曾經出現的照片都被挖空。整個旅程下來，你就會發現整個大陸貧窮得難以想像。

（李渝補充說，那時大陸的幹部問我們說，需不需要一些字畫？只要我們開口，李可染等有名當代畫家的東西都可以送給我們。不過，那時就覺得搞保釣的，身爲左派，應該有些倫理與操守，不可以貪圖這些東西，所以就都沒有拿。）

有些名貴的盆景與器物等等，只要開口，也都可以帶回美國，但是我們都拒絕了。最後還是從廣州到香港。在離開廣州之前的最後一個晚上，有相當於副省長等級的高官來幫我們餞別，在當時中國非常貧窮的狀態下，他們還是用很豪華的餐宴歡送我們。最後無法免俗地要你在那個場面說話，文革之後，大陸上上下下所有的人都變得很會講話，都有一張利嘴，拗不過他們的要求，我還是有上台說些感謝的言語。算一算總共在中國留了四十二天。

到香港之後，一樣是在吳清輝那裡停留了幾天，我父親和李渝分別先離開，父親先回日本，李渝則是回美國。我又多待了幾天，後來跟陳若曦見上了一面，她那時剛從中國又出來外頭，在香港停留。那是離開台大之後，第一次碰到她。接待我們的是另一外文系的大學同學，叫戴天，寫詩的，本名叫戴成義。之後也遇上一位朋友，也參與過《盤古》雜誌編務的，叫古兆申（筆名古蒼梧）。所以這段期間我又在香港多待了好幾天，接下來再到日本找我父親，和他相處了一個星期左右。

總之，從中國出來之後，我沒有馬上回到紐約，而是在香港、日本多待了兩個星期左右，這段時間我回憶起那四十二天的中國之行，愈想愈不對，覺得中國除了落後之外，根本不是社會主義。按照馬克思的說法，社會主義是必須要到資本主義高度發展之後，下一個階段才會出現的東西，中國那時根本沒有這樣的條件，很失望。

簡：可是我覺得你失望的其實是對當時中國的政府與政權，而不是對社會主義信念與理想的質疑，要不然你不會從中國回來之後，繼續鑽研馬克思的東西。

郭：是這樣沒錯，所以我後來對法國總統密特朗有段時期的執政，非常關注，他將有些企業收歸國有，感覺比較接近社會主義的理想。不過現在回想起來，我那時還是在理論上去推想比較多，而在政治的實際層面，應該還是折衷和務實派的居主流。

簡：就你瞭解，有沒有其他保釣世代的同伴，和你一樣，從中國回來之後，是帶著幻滅與質疑的心情的？

郭：一般來講比較沒有那麼大的衝擊。拿聯合國的同事來說，有一些是香港來的，他們當時對中國政治的看法，經濟的落後就比較無所謂，不管文革也好，改革開放之後的經濟變革也好，他們都支持，反正都是祖國，都要擁護，都要擁戴。那時候對中國的狂熱，有些人已經是到非常瘋狂的地步，你曉得林彪有發明一種「忠字舞」嗎？大陸來的都會跳，有些樣板戲還可以看得到，就是要獻給領袖，獻給毛澤東的，我很多聯合國的同事都會跳。我一個要好的聯合國同事，曾經跟我說，他在文革期間，看過他的老師被鬥爭，還被剃陰陽頭，就是頭髮給你剃掉一邊，只剩下另一邊，怪裡怪氣的樣子。老舍就是被打到受不了，後來也自殺掉了。

簡：你們當時在美國，就聽過這些文革中駭人聽聞的事情嗎？

郭：陸陸續續都有一些傳聞和風聲，但眞正悲慘的故事，大部分是文革結束之後才知道的。我聽過的一個例子是，一開始讓你吃飯，後來就慢慢少，最後飯沒得吃，就叫你吃皮帶，毛澤東眞正要整起人來啊，是你難以想像的，絕對不留情，當然，台灣這邊的蔣介石也一樣。台灣在一九四七年二二八事件之後，有好幾年的時間，在報紙上都可以看到匪諜被殺的新聞，那時我家是訂《台灣新生報》，每天看到的新聞就是殺！殺！到底是不是匪諜，沒有人知道。

簡：蔣介石不是一九四九年才過來嗎？那他沒過來之前的許多政治性的案件也都是他主導的嗎？

郭：實際執行的人當然是台灣這裡的軍官，但如果沒有蔣介石在後面操控，你覺得可能嗎？尤其是這種政治性的案件。我這個人是一輩子處於危機狀態，危機意識強得很，沒有一刻是你覺得人可以舒舒服服活的，人嘛！你安心過日子，代表你已經妥協了。但危機意識又是會造成自己生命中很大的負擔，憂鬱症會找上你。做人眞的是很難的，在艱難中如何求得心安，這是非常不容易做到的。你有時覺得自己心安，其實是沒有理由的，這個世界沒有理由讓你這麼心安，你自己暫時選擇苟活罷了！

簡：這裡看到一份手稿，上面的標題是「通訊一號」，並且提到《台灣人民》這個雜誌，這是你另外參與編務的刊物嗎？

郭：要不是剛剛翻到，我也忘記有這個東西了，這個雜誌我手邊好像沒有看到了，照上面的時間推斷（一九七二年九月十九日），應該是保釣後期，我剛到紐約的時候，另外和一些朋友共同參與的，主要是以關注台灣社會的現狀爲主，不過這些都不重要了，事實上，這幾天你看到的保釣時期我寫的東西，可能佔不到當時所寫的五分之一吧！

對了，不知道你認不認識許素蘭？

簡：我知道她，但不認得，她不是有寫一篇論文附在《奔跑的母親》這集子的後面？

郭：對，就是想說，如果你有機會在台灣遇見她，請跟她說文章裡面有一個和事實明顯不符的錯誤，就是她有個段落（《奔跑的母親》麥田版，頁二八〇）提到：「一九七四年，與曾經一起參加保釣運動的劉大任、楊誠……等人，同往中國大陸，會見周恩來。」楊誠是和保釣運動不相干的，而且我和劉大任也不是一同前往的，這個部分前面有和你談到，是他先去之後，我才和李渝，以及我父親去的，周恩來也是沒見到的。

簡：這裡有篇〈戰後台灣的改良派〉，筆名是簡達，這個筆名有何典故嗎？會不會跟日據時代農民組合的那個簡吉有關？

郭：我不曉得，有點忘記了，應該沒有，說不定是跟我讀小學時隔壁班的老師有關，他也姓簡，我還記得有一次我們班導師和他一起來我家裡用餐。我的班導師結婚時，班上很多同學都去參加，是在三峽，我們是坐「輕便車」過去的，就是像「台車」那樣，很簡陋，沒有車頂那種的。我記得好像還喝得醉醺醺的回家。

簡：這個《戰報》眞有作戰刊物的特性，不過第二期因爲是報紙形態，紙張有點快要碎掉的感覺了。

郭：這份弄了很久，大概一兩個月，晚上都不睡覺的，我有好幾篇文章在裡面。

（李渝在旁笑著說，這種文章是靠氣勢的，一種革命的感覺，一鼓作氣弄出來的，不是靠修辭什麼的。）

郭：那時，開會之前還會唱歌，什麼國際歌啦，什麼「五星紅旗迎風飄揚」。有很多歌其實是以前大陸各地的民歌，還沒有解放之前，有專人去收集，加以改編，之後以比較陽剛的方式去表現，文革時期就四處傳唱，我們搞保釣時很多歌都可以朗朗上口。

簡：當時在《夏潮》雜誌寫稿的原因是什麼？

郭：主要是唐文標啊，他的熱情是你難以想像，對朋友付出沒有條件的！常常我跟他電話講到不能罷休，那時他還在加州，我在紐約，都要跟他說我要去廁所了，電話才能掛掉。各種話題都可以跟你聊，一個念數學的什麼都曉得，很不簡單。他那時有一年的機會在英國劍橋當訪問學者，出發之前跟我說，聯合國如果能有休假的機會，叫我到劍橋找他，然後一起到歐洲各國好好走一走。可是沒想到幾個月後，接到他的信，告訴我他得了癌症，是鼻喉癌，後來他就回台灣了。本來在英國期間有去治療，效果還不錯，但不知道爲什麼回台灣後又惡化了。他得癌症之後，我還在柏克萊跟他遇過兩次，第一次他還健康，可以開車帶我到處跑，不過記得他需要一直喝水。但第二次碰面時，就感覺氣色很差，他還跟我說：這次看見母親可能是最後一次了。果然，過沒多久，他就去世了。他是我一輩子遇到的人裡面，對朋友最好的。

（李渝說：而且很誠懇，很多人在關頭上會撤守，他正好相反，他會突然出現。保釣期間很多次都給我一種臨危拔刀相助的感覺，他和另一位好朋友戈武都有這種俠義精神，讓人懷念。）

簡：這邊怎麼有一本雜誌是關於蝴蝶的？

郭：以前興趣眞的很多，亂七八糟的，看到這本我突然想起來，我以前寫過一個小說，主角是一隻鼻涕蟲，不過不曉得那篇跑到哪裡去了，沒寫完，也不知道殘稿何去何從了。那時爲了寫這篇，收集了很多資料。我地下室還有一大落日本雜誌，是日據時代日本人發行的，關於台灣的。我回台灣的時候沒有帶過來，忘記是哪一年，請謝里法幫我弄過來的，這邊有一張畫就是從那些雜誌裡面撕下來的。

簡：會不會跟你原本預計要寫作的某些材料有關呢？

郭：可能是，這個淡水洋樓的畫大概本來就是作爲參考資料用的，像這種剪報啦，很多雜誌上弄下來的東西一堆，現在都想把它們丟掉了。

（李渝在一旁看報紙，說胡蘭成的《今生今世》鹹魚翻身了，竟然成爲中國的十大好書，以前還被當作是漢奸文人。）

郭：胡蘭成哪是什麼漢奸文人，他的東西好的不得了。黃錦樹談到我那篇〈今夜星光燦爛〉的時候，說我那時胡腔胡調的，其實沒錯，我那陣子對《今生今世》迷得很。南方朔在《中外文學》上評我這一篇時，他只是沒有點明是胡蘭成，只提到我這篇的文字很迷豔，其實他們兩位都是很敏感的讀者。

簡：這一本是你大學時代的筆記嗎？

郭：對，念存在主義的時候寫的，那時都自己念，讀的時候是滿興奮的，雖然表面上是不讀書不上課，在玩，可是碰到自己有興趣的東西還是會追。你看這個，海德格的《存有與時間》，不懂的英文從頭查到尾，硬啃進去。

我大學時代對希臘人物裡面那位阿奇里斯（Achilles）最有興趣，全身刀槍不入，只有腳踝是他的弱點，我覺得從希臘時代這個人物身上就有虛無主義的原型，當初外文系教我們希臘神話的是一位愛爾蘭的神父，我就跟他提過這個，他說你要這麼去想也可以。

我如果不是後來有好幾年去搞保釣的話，這些哲學的東西，可能會有機會一本一本弄出來，不會像現在這樣，隔了幾十年，因爲你這次來找我，才有機會重新翻出來看。

文壇交遊、文學閱讀和創作

簡：你在保釣運動結束後，曾於香港的《抖擻》雜誌第一期發表過一篇文章〈談談台灣的文學〉，看到這篇時讓我非常訝異，雖然你那時人在美國，可是對台灣文壇的脈動與脈絡，皆有驚人的瞭解，並對相關作家與作品提出詮釋與評價，可否聊聊這個部分？

郭：其實那時的看法，從今天來看，剛好是相反的，那時認爲好的，現在再讀可能不怎麼樣，那時被我批評的，現在反而覺得不錯。以前覺得最好的是呂赫若，我看到他最早的譯本大概是二十年前的遠景出版社出的那系列，他的小說讓我感覺到有魯迅的味道。目前看來，覺得台灣文學裡頭成就最好的作家是七等生。

簡：你自己曾經和七等生有過交談或往來嗎？

郭：七等生在一九八〇年代中期到愛荷華創作工作坊時，曾經到過紐約，我們曾於那時見面和聊天，他也是一位性格鮮明的小說家，那個階段我沒有眞正認識他文學的價値，和他的談話似乎得罪過他，眞正對他東西的認識是幾個月前重看他作品的時候。日據時代剛剛談過，比較佩服的是呂赫若，再加上鍾理和。

出國念書之後，我曾於一九六九年回台探親，再來就是二十年後，一九八九年才有機會回到台灣，那次只有停留兩、三個禮拜，因爲九月聯合國要開議，我必須回來工作，所以只能短暫停留。那次可以回去，一方面是因爲我有聯合國發的護照，加上距離保釣那段敏感的時間已經比較久，還有，在聯合國裡有個跟台灣政府關係比較密切的人，他是沈昌煥的弟弟，叫沈昌瑞，如果不是當時中國大陸政府派人過來聯合國的話，他可能會成爲我們這些在聯合國老保釣的頭頭，因爲他的說情，解除了台灣政府的疑慮，我才可以回去。要回台灣之前，我在紐約的台灣駐外單位辦簽證時，還被那些外交人員訓了一頓，用很粗魯的態度，說我們那時怎麼糊里糊塗，搞到中共那邊去了。當時回去是因爲要參加父親的畫展，那次回台灣時，李昂負責招待我們，也到過她位於淡水的住家，我和她姊姊施叔青認識較早，李昂是那次回去才熟的。

簡：我曾經在一個座談會上，聽過南方朔提及，戰後台灣的知識份子中，將西方的思想和左派的理論吸收得最好的一位是郭松棻，那也是我第一次聽見你的名字，你自己和他認識嗎？

郭：稍微認得，因爲我很好的朋友唐文標，回台灣之後，也和南方朔熟識，一九八九年那次回去，在台大附近的一間小茶館裡，我和南方朔也聊了一個下午。後來就不曾見面了，再次看到他的名字，是他幫我在《中外文學》發表的〈今夜星光燦爛〉寫評論。中國時報「人間副刊」從金恆煒擔任主編期間，就一直寄報紙給我，只有副刊的部分，我的〈月印〉（一九八四年七月）就是他在任時刊登的，到現在楊澤還會寄副刊給我。

簡：本來有聽說洪範出版社也想要幫你出小說集，這個計畫有繼續進行嗎？王德威在《奔跑的母親》前面的導論裡也曾提到，〈論寫作〉這個中篇，新版本會改名爲〈西窗紀事〉，這個版本是預計收在洪範版的集子嗎？

郭：〈論寫作〉是預計要改名成〈西窗紀事〉沒錯，可是內容還沒有眞正修訂完成，因爲中風之後，我一直狀況不好，原本這一篇想要改寫成長篇，但還沒有機會實行，洪範版的暫停，是因爲麥田先幫我整理出版了《奔跑的母親》，他們覺得兩本所收的東西太接近，加上台灣出版的景氣不好，所以這書就先擱置下來了，很可惜，因爲這個版本是我認爲校對最好的，我也把前衛版裡面覺得自己沒有寫好的拿掉，像〈姑媽〉這篇，寫殷海光那篇〈秋雨〉倒是有收錄進去，但又稍微修改了一下。原本他們是希望我如果有新作品之後，把裡面的〈今夜星光燦爛〉抽換掉，再幫我出，但不知道這個事情什麼時候會有發展，畢竟我這幾年健康狀況不好，一直到去年，連表達都還有困難，我現在跟你說話的狀況好多了。

一九九五年我認識了一個台灣文壇的朋友，就是林文義，他到紐約之後，自己跑來聯合國找我，幾天後也來我家吃過一次晚飯，那天晚上是十二月，下大雪，我還記得他們的車很難開出去，那是我唯一一次和他見面的記憶，但他回台灣之後，持續都有跟我聯繫，打電話，寫信等，我生病之後，剛開始無法提筆，後來慢慢復健的時候，有時就用左手寫幾個字在信上，寄給他，林文義也是在大稻埕長大，我們有共同的生活記憶，所以特別有緣份的感覺。

簡：前衛版的《郭松棻集》是你在台灣結集的第一本小說集，當初成書的經過是如何呢？

郭：應該是前衛出版社的社長林文欽跟我聯繫的，他那時跟我通過好幾次信，如果沒有他一再督促與鼓勵，我可能一輩子一本書都出不了，連去報紙、雜誌投稿都是只有一開始那個階段才進行的，那時金恆煒在中國時報「人間副刊」當主編，我還有點意願給他稿子，他剛開始在幫余紀忠做事的時候，大概是一九七二年左右，我還在柏克萊，不過他後來想要自己創辦雜誌，就跑到外面另外弄了一個《當代》，余紀忠想要留他都留不住。

簡：那在《文季》發表的因緣呢？一九八三年你重返文學，開始寫小說的時候，那幾個短篇都是在這本雜誌刊出的。是因爲陳映眞先生的關係嗎？

郭：應該是，跟主編尉天驄也在紐約碰過面，不過那次他來的時候，我的記憶中好像沒有和他熟識，也許他會覺得我有點冷落他。他跟劉大任比較熟，畢竟從《筆匯》時期就有往來了。跟陳映眞認識則是在政工幹校當兵時，不過沒有深交，他有一回來紐約的時候，本來預計到家裡拜訪我，但那幾天不巧，李渝治療牙齒時出意外，住在醫院裡，我在一旁照顧她，錯過了一次深談的機會，我相信他那次應該是住在劉大任家。大概是這些因緣的情況下，我才把那些稿子給《文季》。不過因爲《文季》很快就停了，如果這雜誌有繼續辦下去的話，或許我會一直在那邊發表也不一定。

簡：那《九十年代》呢？〈奔跑的母親〉的初稿是在那裡發表的。

郭：《九十年代》之前叫《七十年代》，其實是同一本雜誌，本來七〇年代過去之後，要改成「八十年代」，可是這個名字在香港已經被登記走了，所以只好用《九十年代》這個名稱。我想應該也是跟李怡這個朋友認識的關係，才把稿子給他的。

郭：不知道你有沒有讀過一本小說叫《流》？是辜嚴璧霞寫的，她是我媽媽的同學，年輕時長得很漂亮，是個才女，可惜她先生[7]死得早，三十幾歲就守寡了，呂赫若在戰後初期過世之前，曾經和辜嚴璧霞有過一段往來，有一段故事是她曾因涉嫌幫助呂赫若，被判刑入獄多年，並沒收其經營的台北高砂鐵工廠。我父親跟呂赫若也非常要好，他最後要逃亡之前，曾經把一串鑰匙交給我父親，後來就沒消息了，但我不曉得那串鑰匙是關於什麼的。那時我才小學三年級，這段記憶是我父親後來告訴我的。

郭：這幾天到書房去，我給你看幾個稿子，共有四篇。那些是前些日子李渝幫我找東西的時候發現的，也是寫在〈月印〉前後，我自己都忘掉了，有些初稿已經謄了二十幾頁，大概當時覺得仍不滿意，沒有收尾，就沒有發表。我眞正的寫作大概是四十三、四十四歲左右才開始，那時才開始認眞看《包法利夫人》，以前在台灣時怎麼會看這個小說呢？後來在美國的書店買到李健吾的譯本時，才重新認眞看。李健吾在文革後曾經重新改動他的譯本，但我覺得初版的文字還是比較好，台灣的「文化圖書公司」剛出這個版本時，還曾經把這個書打官司的經過附上，很有意思。後來在紐約重讀這本時就被它深深吸引，覺得這書眞

7. 名叫辜岳甫，是辜顯榮的長子，辜嚴璧霞的兒子是辜濂松。

好，從頭到尾像詩一樣。前面談過的紀德，他除了《僞幣製造者》我比較不喜歡外，其餘都很欣賞，他的思想也是忽左忽右，讓你覺得前後矛盾，我大概也是這樣的人吧。前面提到的，翻譯紀德的盛誠華，他也和紀德認識。

簡：是他出國期間認得的嗎？

郭：早期大陸出身的學者或譯者，都跟西方的作家有些淵源，不過這裡我突然想到吳魯芹，他曾經被發現有些作品是直接抄襲別人的，不是他的散文，而是有本訪問外國作家的書（《英美十六家》），其中有篇是和索爾．貝婁（Saul Bellow）的訪談，結果被發現跟外國的某篇一模一樣。但他的散文還是極好的，比如《雞尾酒會及其他》這本。我大四時曾經修過他的課，好像是文學批評，後來出國時需要的三封推薦信，有一封是他幫我寫的，他的課我只上過一兩次，但他對我很包容，可以理解我不想上課的狀態。

簡：你最近有新的小說寫作計畫嗎？

郭：我現在有一篇小說正在進行當中，李渝已經幫我打了兩萬字，大概會以四萬字左右的篇幅完成。我準備取名叫〈落九花〉。不知道你有沒有聽過這個說法？原先的含意，我母親是說，女人生產的時候，是很損身體的，就像一株植物落了九朵花一樣。這次不寫台灣，寫民國軍閥時代的一個人物叫孫傳芳，他在那時期沒多久就失勢了，隱居在天津。他曾經吊死一個叫施從濱的，後來施從濱的女兒叫施劍翹，和她一個女性朋友共同復仇，殺死孫傳芳的故事。

這一篇其實是舊稿，是中風之前就有的構想，不過當時確定的文字只有三頁，其他都是未完成，這次想把它寫完。是由李渝幫我打字，我用口語唸誦的方式進行，很多情節段落需要重編。但這次的敘事會比較按照事件和時間的先後進行，因爲沒辦法用手寫，精神不濟，所以不太可能像生病前那樣的方式寫小說，很多人讀我之前的作品，都覺得故事跳接得很厲害，不容易看懂。

簡：從〈今夜星光燦爛〉到這篇〈落九花〉，感覺你後來有興趣的歷史階段與人物是在民國初年到戰後初期這段，是有什麼特殊的原因讓你如此轉變嗎？

郭：個人的興趣和關懷當然是有的，不過這只佔了寫小說時的一半，另外一半不見得跟歷史有關。我另外想寫的一篇，是一個年輕人，他上到家裡面的閣樓之後，就不想下來了，這個閣樓的空間與環境是像我在日據時代的舊家一樣，是從家後面的院子爬上去的，梯子很窄，大部分台灣人都把家裡不需要的雜物堆放在閣樓裡。這個年輕人到後來連吃飯都不下來，非要家人給他端上去，否則寧願餓死。這個小說的名字，我本來暫訂爲〈閣樓春秋〉，是很早就開始進行的一篇，筆記已經進行了六、七萬字，可是一直沒有整理出初稿，我寫小說很常這樣，當一篇還沒有完成的時候，新的故事和興趣又來了，就轉移目標去追新的東西了。這樣的東西大概有十幾篇。

有時候一篇小說初稿的進行，從第一個字下去，到眞正完成，要花很長的時間，像〈今夜星光燦爛〉大概是花了半年的時間，但是故事構想可能是更早之前就在醞釀與準備了。在寫這篇的時候，手邊胡蘭成的《今生今世》有兩本，因爲第一本已經被我翻爛了，書裂成好幾個部分。我迷他迷了好幾年，大概是九〇年代初期到寫〈今夜星光燦爛〉這期間，尤其是有段時間又患了失眠，當時只看得下這本書，朱天文的《花憶前身》裡有說到這段經驗（頁六十三），是沒錯的。甚至最近偶爾也會拿出來翻翻。

李渝起先也滿喜歡的，後來她覺得胡蘭成對人的欺騙性很大，用情不專，尤其是跟他在一起過的女人，對張愛玲也是，在《今生今世》裡這樣的女人有五、六個。

簡：除了《今生今世》以外，還有沒有什麼作家或什麼書是會一直讓你翻看的？

郭：就是福樓拜，尤其是李健吾翻譯的這幾本，《包法利夫人》、《聖安東尼的誘惑》、〈簡單的心〉等的三個短篇，李健吾在三十幾歲時就寫了《福樓拜評傳》，那時在書店看到兩本，就都買下來，後來一本送給莊信正。

我一直覺得用文學流派去評價文學的特色是不對的，什麼現代派，後來統統沒有，作品的好壞才是重要的。我看過鄭樹森寫的文章說，現代主義的兩個重要源頭，一個是珍・奧斯汀（Jane Austen），另一個就是福樓拜，不過這也不是那麼重要。我一直覺得喬伊斯和吳爾芙這兩個作家以後會下去，但是福樓拜不會，《包法利夫人》隨便哪一頁，我都看得津津有味。這本書李渝在大學時期就很喜歡了，是聶華苓教他們的，我在大學那時是看不進福樓拜的，杜斯妥也夫斯基比較對我的味，法國我一定看巴爾札克，這種現實主義可能跟我當時的生活比較貼切。

我到紐約之後兩、三年，才眞正開始看《包法利夫人》，其實，我的文體很受李健吾影響。法國的戲劇家莫里哀（Moliere）也全是李健吾翻的，因爲這位戲劇家和福樓拜的風格很不同，所以李健吾的譯筆也隨之改變，我也曾經買過他一本評論集，他的專著就是那本《福樓拜評傳》，不過我不喜歡福樓拜的《情感教育》，毛姆在晚年曾經選出過世界十大小說，福樓拜他選的就是《包法利夫人》而不是《情感教育》，爲什麼呢？他說《情感教育》裡面幾個角色寫得太平凡了，在那個巴黎公社動盪的前後時期只選上了這幾個人物來寫，不夠精彩。

福樓拜的另外三個短篇小說，我覺得最棒的是寫傭人那篇〈簡單的心〉，另外一本我看得津津有味的就是《聖安東尼的誘惑》，我手邊這本中譯本是謝里法送給我的。這小說不太有人看得下去，有一次，我一個聯合國的同事，他是大陸來的，年紀比我輕，喜歡哲學，跟我一起通讀過黑格爾的《精神現象學》，賀麟翻譯的中譯本，有兩本，這個書我以前就念過了，可是因爲他說想念，我就跟他又通讀過一遍。前年吧，他跟我說想開始讀一點文學的東西，我當時精神有點恍惚，本來介紹他讀《包法利夫人》，後來不知怎樣他選了《聖安東尼的誘惑》，他看兩頁就看不下去了。這個小說其實只是在寫一個晚上的故事，主角是基督教裡面的一個聖徒，叫聖安東尼，這個小說福樓拜也是寫了二十幾年，他的小說經常這樣，一篇還沒寫完，就又去寫別的，於是一個小說就反反覆覆修改，寫了一、二十年。《情感教育》也是寫過兩次。

我最佩服他的一點，就是他不想成爲專業作家，可能是他家境不錯，父親是十九世紀的外科醫師，福樓拜一開始是學法律的，但是書念不下，大學沒畢業，福樓拜的哥哥繼承父親的職業，所以在父親和哥哥的眼裡，福樓拜是很不成材的。雖然家裡有錢，可是到五十幾歲的時候，錢也給他用光了，是靠政府補助才能生活。不過他的手稿有被留下來，前幾年還有展出，也是一大堆沒有寫完的東西。他最後想寫的一本是人類的愚蠢史，用兩個主角的名字當書名，可是只有寫到一半沒寫完。

郭：黃錦樹說我的〈今夜星光燦爛〉裡的材料，是參考李敖編的三本關於陳儀的書，其實不是，我參考的是大陸編的一本叫《陳儀生平及被害內幕》[8]。

剛剛說到正在請李渝幫我打的是〈落九花〉這篇，另外有兩篇也是想寫的，其中一篇比較短，比較像卡夫卡的小說那樣，非現實的，是關於戰爭的題材，一旦發生戰爭，就脫離現實，這篇在生病前已經謄了八、九頁的稿子，可是一直還沒找到好的結尾方式。還有一篇也是跟陳儀有關的，他當福建省主席時，當時蔣介石的特務頭子叫戴笠，我這篇想寫他，寫戴笠和陳儀之間互動的故事。也已經寫十幾頁了，大概是預計兩、三萬字的篇幅。這篇開始寫的時期跟〈今夜星光燦爛〉差不多，那篇戰爭題材的則早一點。

（我們在書房、臥房中翻看郭松棻未完成的一些文稿和早期的哲學讀書筆記。）

8. 黃錦樹這篇論文叫〈詩，歷史病體與母性——論郭松棻〉，公開出版過兩次，一次是在《中外文學》三十三卷一期（二〇〇四年六月），一次是修改後收入他的專著《文與魂與體：論現代中國性》（台北：麥田，二〇〇六年五月），修改版的註二十五出現了這樣一段話：「本文發表後，得讀張富美教授〈陳儀與福建省政（一九三四—一九四一）〉，詳細回顧了八〇年代後兩岸新發表的陳儀資料，如頗為罕見的《陳儀生平及被害內幕》（一九八七），即被李敖抄襲為《二二八研究．三集》。此或為郭松棻寫陳儀之所本。」黃錦樹並未向郭松棻真正求證過這個問題，但根據這個訪談記錄，顯然他的推斷是正確的。大陸這本《陳儀生平及被害內幕》是一些單位共同彙編的，包括「全國政協文史資料研究委員會」、「浙江省政協文史資料研究委員會」、「福建省政協文史資料研究委員會」這三個單位，出版則是由北京的中國文史出版社。

簡：你每一個進行中的小說，就用資料夾一個一個把資料和稿子收起來？

郭：對，不過有些東西比較多的，就要用好幾個夾子。你看到底下的這一疊，預計是〈月印〉的接續，不過就不叫〈月印〉了，會有幾個新的角色進來，我想寫一個戀愛的故事，原本裡面的楊大姊，會跟一個大陸過來的軍官在一起的故事，這個本來預計要寫成長篇。〈論寫作〉也是預計要再改寫成長篇，這個規模對我會比較輕鬆，會比目前中篇的篇幅更容易處理。

我的寫作形態是這樣，都是先寫個一頁、半頁，塗塗改改，然後積起來，一個小說要寫上兩個星期左右，大概的輪廓才會跑出來。先有句子，才有故事。

你來的前一天，李渝幫我找到這一篇〈驚婚〉，稿子寫得密密麻麻的，一頁大概等於兩三頁，我根本忘記這一篇了，這篇應該很早，可能是八〇年代初期，〈月印〉出來前後寫的，依稀曉得小說一開始是在一個結婚典禮。還有這幾篇，〈第三隻手〉、〈夜笑〉、〈盛開的千重菊〉、〈軀體的演義〉，也不知道要寫什麼。

這邊還有一篇更早的，最初想寫的，如果當時有寫出來，會比〈月印〉早，但是是那種政治不正確的，寫我瞭解的外省人的生活。還有一些論文的草稿，各種材料，興趣太廣了。這個抽屜裡都是哲學筆記。我喜歡一個俄國的哲學家，叫別爾嘉耶夫（Nicholas Berdyaev），後來流放到巴黎，他也曾經寫過一本書，關於杜斯妥也夫斯基，孟祥森也翻譯過[9]。

簡：你曾經想過替自己寫下自傳或回憶錄那樣的文字嗎？

郭：沒想過，如果是由我自己來寫那更是百分之一百不可能，由別人寫呢，也不想，就從我的小說來瞭解我就好了。像張惠菁替楊牧寫的那本，我雖然沒有看過全部，可是它部分在報紙刊載的時候，我有看到，其中有些段落，和我瞭解的不太一樣，不知道是楊牧的記憶還是張惠菁的處理有落差。

簡：所以你也讀現代詩嗎？我覺得你文字的氣質也滿適合寫詩的，曾經寫過嗎？

郭：現代詩當然讀啊，還讀滿多的，羅智成和陳義芝的詩我都滿喜歡的，可是自己不寫。

簡：音樂你聽嗎？

---

9. 那個譯名是目前比較通用的，孟祥森翻譯時，譯名叫貝德葉夫，這本書資訊如下：《杜斯妥也夫斯基》（台北：時報，一九八六）；別爾嘉耶夫另一本有名的書叫《俄羅斯思想》（北京：三聯書店，一九九五）。

郭：我聽古典音樂，可是我沒有音樂細胞，高中時，本來是我們班上唯一可能可以得獎學金的人，但音樂成績太差了，只拿二十分，就沒辦法得了。最後比較常聽的是馬勒，但聽得最熟的是布拉姆斯，貝多芬當然也聽很多，年輕時極不喜歡的是莫札特，覺得沒深度，只聽得下他一些比較晚的鋼琴協奏曲，單簧管協奏曲，死亡的影子全出來了。馬勒交響曲的第一、第二號，第三號的後半部都喜歡，第四號最輕快，第五號後半部還可以，曾經有一度很喜歡他的第八號，各種版本只要看到就去買，〈大地之歌〉不是特別喜歡就是了。

簡：請問你對西方當代文學的閱讀與接觸為何？

郭：依我的認識和感覺，美國這邊紅過一時的後現代作家，現在的浪潮也是下去了，反而是南美洲的兩個作家，一個是馬奎斯，一個是波赫士，他們兩個在美國這裡大概是一九八〇年代前後紅極一時，他們的英文譯本我那時在二手書店都可以用很便宜的一、兩塊美金買到。波赫士我尤其喜歡，那個高度是我永遠趕不上的。美國這邊，那時有一個很紅的小說《Catch-22》（第二十二條軍規），後現代的經典，中國大陸那邊介紹得很早，是把它歸入成熟的現代主義，不過我始終看不進去[10]。義大利的卡爾維諾，我大部分都可以進去，但是《如果在冬夜，一個旅人》則沒有太多體會，《阿根廷螞蟻》我很早就看，很喜歡，他本來要到哈佛大學講學一年，可惜臨行之前就生病過世了，為了這次講學寫下的文稿，後來編成的《給下一輪太平盛世的備忘錄》是很深刻的文學思考。

簡：你會閱讀當代大陸作家的作品嗎？

郭：莫言看得比較多，但談不上有什麼深刻的體會，像他的成名作《紅高粱》，我覺得前半部很好，後面就差了一截，日軍出現之後就是敗筆了。賈平凹、李銳、王安憶多少都看一些，但認識都還不深。蘇童剛出道時的幾個中短篇我則很喜歡，像〈一九四三年的逃亡〉這篇，眞的有讓我驚爲天人的感覺。我還喜歡一個叫張承志，是回教徒，最好的是他的《心靈史》。

簡：你可能對大陸早期，大概是一九三〇年代的文學更爲熟悉，比如魯迅和沈從文他們的作品？

郭：是，茅盾的東西也還算喜歡，最不能忍受的是巴金，老舍也看了不少，像《老張的哲

---

10. 作者是Joseph Heller，寫於一九六一年，作品主要精神是嘲諷戰爭的荒謬，形式上沒有完整的情節，也沒有主要的角色，充滿混亂、瘋狂、喧鬧的氣氛。

學》、《駱駝祥子》這些書都是大一在哲學系的時候，有個同學是馬來西亞的僑生，他從那裡帶過來的，否則這些書那時在台灣都還是被禁的。

簡：你的魯迅是什麼時候開始接觸的？

郭：初二時家中不知爲何出現了一本他的精選集，還是人家給我的，就開始看，我樓下書庫魯迅全集有兩套，他的雜文厲害得要命，他的翻譯是梁實秋說的硬譯，確實是不太容易看得懂，和他的小說和散文文字差很多。我自己也曾經翻過別人的東西，確實翻譯時整個人會像傻瓜一樣，語言文字好像不是你能掌控的。我想總是有一兩個你應付不過來的範疇。

簡：他的小說你最喜歡哪一篇？

郭：〈故鄉〉、〈孔乙己〉，有一個名記者叫曹聚仁，他也曾經到過台灣，一九四七年左右，也寫了不少書，魯迅的書兩大本，在他的書裡面追溯過一段記憶，因爲他和魯迅也很熟，他說魯迅自己非常喜歡〈孔乙己〉，我曾經在我的小說〈雪盲〉裡提到過這篇〈孔乙己〉，多數的人讀到的「孔乙己」這個人物的形象與解釋是過氣的，落伍的，偷書啊，一個負面的人物，我覺得大家都不瞭解他，小說裡的孔乙己是酒樓裡唯一會跟小孩（魯迅的化身）說話的，很可愛的，也不拖欠跟酒店的帳。《故事新編》、《野草》都是可以一看再看的，魯迅應該是和我最貼近的作家了。

簡：這幾天這樣一路和你對談下來，感覺到似乎無法明確地說明你的書寫風格，你的文體主要是受到哪一個作家的影響，因爲你的經歷、閱讀眞的滿曲折與複雜的。

郭：當然啊，我相信影響我的是很多很多，從文體來看，川端康成、芥川龍之介應該也是都影響過我的，芥川龍之介的精緻是我非常欣賞的，他的小說短篇居多，很精鍊、曲折，很合我的興趣。另一個作家叫中島敦，他的文學很多是改編自中國古代的人物與歷史，也是我喜歡的作家。我有一個疑惑，如果台灣的作家是像中島敦這樣寫作，小說都是其他國家的材料，那還會被稱爲台灣文學嗎？會有人看嗎？芥川龍之介也好多是改編中國的東西。

簡：你在寫作的時候，有沒有設定讀者群？我指的不是商業的考量，而是比如說，你在美國生活這麼久，但是小說的背景、時空幾乎都還是以台灣爲主，這是因爲你主要還是想跟台灣的讀者交談與對話嗎？

郭：沒有，美國社會其實我很陌生，第一代移民大概都是這樣，只有我兒子才可能變成美國人。也許少數題材、人物是跟美國有關，但主要的想法都還是跟台灣有關的，像〈草〉那一篇就是。像現在正在進行的〈落九花〉這篇，人物雖然是設定大陸的，但絕對不是跟當時的中國有什麼深刻的思想與情感連結，至於是不是跟台灣有關，我也不曉得。黃錦樹的論文裡說，〈今夜星光燦爛〉裡面我也許在模仿浙江人的口吻，事實上什麼是浙江人的口吻，我也不知道，這個部分是沒有的。

我覺得在這樣的時代，電腦、網路如此發達之後，文學會走上衰弱甚至消失的道路，文學藉由電腦的幫助之後，眞是太容易了，不管是打字，找資料，速度都快很多，像我這樣一個字一個字去寫的，文體這麼注重的方式，在這個時代已經沒有人如此了。另外一個我一直沒有跟你表達清楚的想法是，我一直覺得眞正的文學是不可能的，不管再怎麼努力，都是在表面觸來觸去而已，達不到的。

簡：那這樣你爲何會一直想繼續寫下去呢？

郭：別人的情況我不曉得，我的話，老實說，就是我什麼都不會，其他興趣很窄，以前就是養養魚，經常有很強烈的無能感，覺得自己沒有本事。我前幾天跟一個學物理的朋友大發謬論，也是在談這個問題，然後他跟我說，那你以爲一個物理學專家或教授有什麼了不起的本事嗎？所以追到最後，也許每一個人都是很有限的，很無能的，很無奈的。最後就變成哲學，形上學的問題了。關於出版，其實我也一直是有自閉的傾向，老大不情願要出書，出版幹嘛呢！說來說去，這些都牽涉到我整個人的哲學傾向，覺得這些都沒意思，做這些對於生命能夠安頓的想法，一直非常稀薄。如果最後，能夠有一、兩個讀者，是我文學的知音，那我就滿足了。

後記

這份訪談記錄，原先收在我博士論文的附錄裡，依照日期順序整理而出，在篇幅上，以前兩天爲多，然後愈來愈精簡。這並不是因爲我們談話的時間縮短，相反的，我們對話時間愈來愈長，甚至有兩天，是從早上一直聊到晚上。我逐漸由提問者的身分，轉變成交談者的角色，大概第三天之後，我說話的比重愈趨增加，範圍幾乎毫不設限，因爲郭松棻對我，對台灣文學、文化和社會的一切，皆非常關心，但是這些部分因爲超出一份作家訪談記錄需要聚焦的範疇，所以必須割捨。這次爲了《驚婚》的出版，重新整理這份記錄，並再次重聽錄音檔案、增修文字，在內容編排上，打破日期次序，從「家族記憶、知識啓蒙與台大歲月」、「柏克萊時期、保釣運動與哲學的探尋」和「文壇交遊、文學閱讀和創作」三個面向呈現。

讀者應當可以從這份記錄裡，看見郭松棻甚少在過往的作品和報導中披露過的敘述與回憶。自從一九九七年那場嚴重的病痛之後，在漫長的復健歲月裡，作家以無比堅毅的意志回到日常生活、閱讀與創作。在那六天的互動與相處裡，讓我印象最爲深刻的是他的記憶力，對於所有經歷過的人、事、物，總是可以娓娓說起，不管是細節的還原，還是事件的始末。另外，他對故鄉台灣的現狀種種，從政治、社會、文化等範疇，皆有持續性的關注；對於當代台灣文學的發展，會經由正在發行的文學雜誌、報紙副刊和委託台灣朋友寄來的書籍中，不斷添補、閱讀與認識。當我聽到郭松棻口中，不斷說出台灣作家舞鶴、駱以軍、黃國峻和黃錦樹等人的名字，並對他們的作品侃侃而談，或疑問或稱許之時，更讓人覺得他依舊走在寬廣的、加法的道路上，只是，在談到自己正在緩慢的、辛苦的書寫重建之途時，他自律甚嚴的減法哲學，就會變成談話的基調。

這樣自省式的精神，其實貫串著郭松棻的一生，不管是大學時期對存在主義的探索，柏克萊時期參與的保釣運動，以及重回文學之路時每一篇小說的孕育，皆是如此。每一個他曾經寫下的文字，都是作家和這世界互動、交談、搏鬥之後的證明與憑藉，並以凝練的文體風格留給讀者們。希望這份歷經多年後，重新整理出來的訪談紀錄，能讓願意閱讀和理解郭松棻的讀者，找到更多靠近作家精神世界的方法與路徑。

簡義明，清華大學中文系博士，現爲成功大學台灣文學系助理教授，曾爲Fulbright哈佛大學東亞系訪問學者。研究領域爲：自然書寫與生態論述、保釣世代文學與思潮、台港文藝互動、現代散文。著有《書寫郭松棻：一個沒有位置和定義的寫作者》（博士論文）、〈當代台灣自然寫作（1981-2000）的危機論述與論述危機〉、〈愛與冒險——論一九九〇年代之後劉克襄的「都市轉向」〉等論文。

文學叢書 320

INK PUBLISHING

驚婚

作　　者　郭松棻
總 編 輯　初安民
責任編輯　施淑清
美術編輯　黃麗美
校　　對　李　渝　施淑清

發 行 人　張書銘
出　　版　INK印刻文學生活雜誌出版股份有限公司
新北市中和區建一路249號8樓
電話：02-22281626
傳真：02-22281598
e-mail : ink.book@msa.hinet.net
網　　址　舒讀網http ://www.inksudu.com.tw

法律顧問　巨鼎博達法律事務所
施竣中律師
總 代 理　成陽出版股份有限公司
電話：03-3589000（代表號）
傳真：03-3556521
郵政劃撥　19785090　印刻文學生活雜誌出版股份有限公司
印　　刷　海王印刷事業股份有限公司

港澳總經銷　泛華發行代理有限公司
地　　址　香港新界將軍澳工業邨駿昌街7號2樓
電　　話　852-27982220
傳　　真　852-31813973
網　　址　www.gccd.com.hk

出版日期　2012年 7 月　初版
2023年10月12日　初版三刷
ISBN　978-986-6135-87-3

定　價　280元

國家圖書館出版品預行編目資料

驚婚／郭松棻著 --初版,
--新北市中和區：INK印刻文學，
2012.07　面；　公分.（印刻文學；320）
ISBN　978-986-6135-87-3（平裝）
857.7　　101006081